CUENTOS DE LA TIERRA

EMILIA PARDO BAZÁN

Cuando la razapa entró, cargada con el haz de leña que acababa de merodear en el monte del señor amo, el tío Clodio no levantó la cabeza, entregado a la ocupación de picar un cigarro, sirviéndose, en vez de navaja, de una uña córnea, color de ámbar oscuro, porque la había tostado el fuego de las apuradas colillas.

Ildara soltó el peso en tierra y se atusó el cabello, peinado a la moda "de las señoritas" y revuelto por los enganchones de las ramillas que se agarraban a él. Después, con la lentitud de las faenas aldeanas, preparó el fuego, lo prendió, desgarró las berzas, las echó en el pote negro, en compañía de unas patatas mal troceadas y de unas judías asaz secas, de la cosecha anterior, sin remojar. Al cabo de estas operaciones, tenía el tío Clodio liado su cigarrillo, y lo chupaba desgarbadamente, haciendo en los carrillos dos hoyos como sumideros, grises, entre el azuloso de la descuidada barba

Sin duda la leña estaba húmeda de tanto llover la semana entera, y ardía mal, soltando una humareda acre; pero el labriego no reparaba: al humo ¡bah!, estaba él bien hecho desde niño. Como Ildara se inclinase para soplar y activar la llama, observó el viejo cosa más insólita: algo de color vivo, que emergía de las remendadas y encharcadas sayas de la moza... Una pierna robusta, aprisionada en una media roja, de algodón...

-¡Ey! ¡Ildara!

-¡Señor padre!

-¿Qué novidá es esa?

¿Cuál novidá?

-¿Ahora me gastas medias, como la hirmán del abade?

Incorporóse la muchacha, y la llama, que empezaba a alzarse, dorada, lamedora de la negra panza del pote, alumbró su cara redonda, bonita, de facciones pequeñas, de boca apetecible, de pupilas claras, golosas de vivir.

-Gasto medias, gasto medias -repitió sin amilanarse-. Y si las gasto, no se las debo a ninguén.

-Luego nacen los cuartos en el monte -insistió el tío Clodio con amenazadora sorna.

-¡No nacen!... Vendí al abade unos huevos, que no dirá menos él... Y con eso merqué las medias.

Una luz de ira cruzó por los ojos pequeños, engarzados en duros párpados, bajo cejas hirsutas, del labrador... Saltó del banco donde estaba escarrancado, y agarrando a su hija por los hombros, la zarandeó brutalmente, arrojándola contra la pared, mientras barbotaba:

-¡Engañosa! ¡engañosa! ¡Cluecas andan las gallinas que no ponen!

Ildara, apretando los dientes por no gritar de dolor, se defendía la cara con las manos. Era siempre su temor de mociña guapa y requebrada, que el padre la mancase, como le había sucedido a la Mariola, su prima, señalada por su propia madre en la frente con el aro de la criba, que le desgarró los tejidos. Y tanto más defendía su belleza, hoy que se acercaba el momento de fundar en ella un sueño de porvenir. Cumplida la mayor edad, libre de la autoridad paterna, la esperaba el barco, en cuyas entrañas tanto de su parroquia y de las parroquias circunvecinas se habían ido hacia la suerte, hacia lo desconocido de los lejanos países donde el oro rueda por las calles y no hay sino bajarse para cogerlo. El padre no quería emigrar, cansado de una vida de labor, indiferente de la esperanza tardía: pues que se quedase él... Ella iría sin falta; ya estaba de acuerdo con el gancho, que le adelantaba los pesos para el viaje, y hasta le había dado cinco de señal, de los cuales habían salido las famosas medias... Y el tío Clodio, ladino, sagaz, adivinador o sabedor, sin dejar de tener acorralada y acosada a la moza, repetía:

-Ya te cansaste de andar descalza de pie y pierna, como las mujeres de bien, ¿eh, condenada? ¿Llevó medias alguna vez tu madre? ¿Peinóse como tú, que siempre estás dale que tienes con el cacho de espejo? Toma, para que te acuerdes...

Y con el cerrado puño hirió primero la cabeza, luego, el rostro, apartando las medrosas manecitas, de forma no alterada aún por el trabajo, con que se escudaba Ildara, trémula. El cachete más violento cayó sobre un ojo, y la rapaza vio como un cielo estrellado, miles de puntos brillantes envueltos en una radiación de intensos coloridos sobre un negro terciopeloso. Luego, el labrador aporreó la nariz, los carrillos. Fue un instante de furor, en que sin escrúpulo la hubiese matado, antes que verla marchar, dejándole a él solo, viudo, casi imposibilitado de cultivar la tierra que llevaba en arriendo, que fecundó con sudores tantos años, a la cual profesaba un cariño maquinal, absurdo. Cesó al fin de pegar; Ildara, aturdida de espanto, ya no chillaba siquiera.

Salió fuera, silenciosa, y en el regato próximo se lavó la sangre. Un diente bonito, juvenil, le quedó en la mano. Del ojo lastimado, no veía.

Como que el médico, consultado tarde y de mala gana, según es uso de labriegos, habló de un desprendimiento de la retina, cosa que no entendió la muchacha, pero que consistía... en quedarse tuerta.

Y nunca más el barco la recibió en sus concavidades para llevarla hacia nuevos horizontes de holganza y lujo. Los que allá vayan, han de ir sanos, válidos, y las mujeres, con sus ojos alumbrando y su dentadura completa...

"Por esos mundos", 1914.

Solía yo reunirme con aquel sabio en mis paseos por los alrededores del pueblecito donde mi madre -cansada de mis travesuras de estudiante desaplicado- me obligaba a residir. El sabio lo era, casi, casi exclusivamente en epigrafía romana. Famoso y ensalzado en su provincia, le conocían muchos académicos de Madrid y algunos alemanes. Había publicado o, al menos impreso, un folleto sobre Dos lápidas encontradas en el Pico Medelo, y otro sobre Un sarcófago que se halló en las cercanías de Augustóbriga, folletos que aumentaron la consideración respetuosa y enteramente fiduciaria que rodeaba su nombre. Porque, en cuanto a leer los folletos, se cree que sólo lo harían los cajistas, que no pudieron humanamente evitarlo.

He notado después que casi siempre tienen aureola de sabios los que se dedican a una especialidad, y mejor cuanto más restringida. Esto es achaque de la Edad Moderna. Bajo el Renacimiento, el sabio es todo lo contrario: el "varón de muchas almas", la enciclopedia encuadernada en humana piel. Actualmente, para obtener diploma de sabio es menester encerrarse en una casilla, en la más estrecha. Con aprenderse la papeleta correspondiente a esta casilla, se está dispensado hasta de saber el nombre de las casillas restantes. El que es sabio en monedas árabes, verbigracia, puede, sin mengua de su sabiduría, ignorar si hubo moneda en los demás países del mundo.

Y, siendo ello es verdad, es preciso añadir que mi sabio, don Matías Caldereta, aparte de su ciencia epigráfica, era hombre de agradable trato, más ligero de sangre de lo que suelen ser sus congéneres, y con una nota de dulce escepticismo en lo que respecta a la infabilidad de los demás especialistas en los varios géneros y subgéneros en que la Ciencia se divide, como torta cortadita en trozos. Contaba anécdotas chuscas, errores de doctos y consuelo de ignorantes. Recuerdo ahora una, que nos hizo reír una tarde entera bajo una parra, cuyas uvas empezaban a pintar, al borde de una charca en que las ranas, verdes y confianzudas, nos miraban un punto con sus ojos saltones, chapuzándose en seguida entre cañas y espadañuelas.

Caldereta reía más, halagado en su amor propio de sabio trasconejado y oscuro, por la idea de que también estas eminencias de extranjis, trompeteadas y célebres, se equivocan como cada hijo de vecino, como puede equivocarse la notabilidad de campanario que vegeta en el rincón silencioso de un pueblo, igual que las ranas en su palude, croando a la luna.

-Si, sí -repetía-. ¡Sepa usted que se trata nada menos que de Champollion, del gran preste de los epigrafistas..., del que descifró los jeroglíficos y reveló, mediante ellos, el misterio de Egipto antiguo, que sin él acaso estuviese ahora tan oscuro como están los códices mayas! Y, sin embargo, el caso es auténtico: una de esas historias que recuerdan a veces, al final de las sesiones académicas, los académicos viejos a los novatos... Estos días ha vuelto a salir a colación, a propósito de los famosos escarabajos del rey Necao, fabricados ayer por un falsificador y consagrados un momento por todo el areópago de los inteligentes, y comprados y colocados en un famoso Museo...

La cosa se remonta a la época en que comenzaba en el del Louvre, en París, a organizarse esa sección de antigüedades egipcias que ha llegado a ser la primera del mundo. Diariamente recibía el director del Museo fardos y cajas conteniendo momias, diosecitos, collares, objetos encontrados en las sepulturas, papiros cubiertos de jeroglíficos misteriosos. Al punto los copiaba exactamente un pintor de mala mano, que en trabajo tan modesto se ganaba el pan.

Y he aquí que cierta mañana llama el director al pintor a su despacho y le entrega un papiro con infinitos garabatos y dibujos.

-Agradeceré -advirtióle- que me copie este papiro para esta tarde misma. Hoy tengo convidado a comer al ilustre Champollion, y quiero darle la sorpresa de que antes que nadie vea la nueva remesa y la traduzca.

Cargó el pintor con el papiro amarillento y se retiró a cumplir la orden. Era una tarea asaz penosa: ¡copiar tanto garabato antes del anochecer! Un poco nervioso dio principio a su labor... Y he aquí que, por culpa precisamente de los nervios, alterados con la prisa, da un manotón involuntario, y el tintero, enterito, se vuelca sobre aquellas tiras de papiro que el escriba, con su delicada cañita, bordó de figurillas y emblemas hace tantos miles de años...

Era un lago negro, un baño absoluto... En vano quiso el pintor remediar el mal. Cuanto más trabajaba con la esponja, el paño y el raspador, tanto más penetraba la tinta, borrando hasta la idea de lo que hubiese debajo.

"¿Qué hacer? -pensó el mísero-. ¿Confesar las desgracias? ¿Perder su colocación, el sustento de sus hijos?"

El mísero sudaba frío y se mordía las uñas desesperado. ¡Aquellos papiros, justamente aquellos, que era preciso copiar con tanta urgencia! ¡Y de pronto acudió la idea, salvadora acaso!

"Desde que copio estas malditas tiras -pensó-, ¿no he notado que son todas iguales? Hiladas y más hiladas de cocodrilos, de hombres con cabeza de perro, de escarabajos, de cruces con asas, de grullas, de toros... El señor de Champollion viene a comer; por muy sabio que sea, después de comer no va a ponerse a descifrar. ¡Qué demonio! ¡Preferirá echar un sueñecito, o fumar, o charlar, o jugar a la báciga! ¡Será un hombre, qué caramba, al menos mientras digiere! ¡Lléveme pateta si entiendo qué gusto le sacan a estar siempre con la nariz sobre estos garrapatos! En fin..., ánimo... Voy a inventar la copia... Mañana diré que ha sido el ordenanza el que, al arreglar la mesa, ha volcado el tintero..., y malo será que, por lo menos, no les quede la duda..."

Y, en efecto, forjó sus veinte páginas, llenas a capricho -pues él no entendía palabra de lo que copiaba diariamente-, de ibis, cocodrilos, escarabajos sagrados y cruces con asa... Hecha la habilidad, llevó el manuscrito al director, que estaba en gran conferencia con el propio Champollion, comentando los recientes envíos.

-Bueno -exclamó el director, bondadoso-; hoy come usted con nosotros... Es muy justo...

Nuevo sudor frío... Pero el pintor no tuvo más recurso que aceptar. A los postres -a los amargos postres-, hubo que desenvolver el manuscrito de impostura, porque el director, frotándose las manos, ordenó:

-Ahora, enséñele usted al señor de Champollion la sorpresita...

Con manos trémulas, el culpable desató el balduque... Parecía su cara la de una momia; sus piernas temblaban... Iba a descubrirse el enredo... ¿No valía más echarse de rodillas, confesar, pedir misericordia?

Champollion, reposadamente, tomó el rollo; aproximóse a la lámpara, lo aplanó con la mano, y se enfrascó un momento en la contemplación de aquellos signos, sólo para él comprensibles... Entre el silencio se oían el volver de las hojas y la respiración congojosa del falsario, a pique de ser descubierto...

De pronto se alzó la voz del gran Champollion, del revelador del Egipto antiguo... Leía en alto, leía tranquilamente, a libro abierto. ¡Leía, majestuoso, la inscripción que no existía!...

-"A la gran Isis, señora de lo creado, y a Osiris Ammon Ra, que domina la tierra y el agua, yo, Tolomeo, Faraón XXXVI, habiéndoles elevado un templo votivo..."

El pintor cayó desplomado en el sillón... ¡Y Champollion seguía leyendo sin interrupción... sin titubear un instante! ¡Hasta la última hoja! ¡Hasta el último jeroglífico!

-Y ahí tiene usted -añadió Caldereta- por lo que he llegado a desconfiar de la ciencia y de sus engaños... Sólo le aseguro que el caso que acabo de contar no puede ocurrir con una lápida romana. En eso..., vamos, no me equivoco. En eso no cabe falsificación... ¡Las lápidas romanas son lo más serio de la epigrafía!

"La Ilustración Española y Americana", núm. 31, 1909.

Ocurren en el mundo cosas así; se diría que la casualidad, inteligente, se complace en arreglarlas... o en desarreglarlas. En el presente caso, la casualidad dispuso que Juaniño de Rozas y Culás de Bonsende, oyendo toda la vida hablar el uno del otro, contar el otro las proezas del uno, hartos de alabanzas a la guapeza recíproca, no se hubiesen encontrado, lo que se dice encontrarse cara a cara, jamás.

Cierto que concurrían a las mismas fiestas; es indudable que allí pudieran haberse tropezado; imposible negar la hipótesis; pero fuese porque, lo repito, la casualidad es el diantre, o porque a veces la ayudamos nosotros, hay que consignar el hecho, ya tan comentado.

Juaniño de Rozas no había cruzado la palabra con Culás de Bonsende, y las respectivas parroquias ya lo hallaban extraño, shocking, diríamos si el ambiente no lo vedara.

Los que conocen tan sólo a la España superficial y epidérmica creen que esto de la guapeza y la fanfarronería pertenece al Sur, como el sol, las naranjas y las palmeras. Los valientes, que comparten con el buen vino el privilegio de durar poco, parecen pintables en pandereta, pero no acompañables con gaita; y, sin embargo, los que hemos nacido en tierras de nublado cielo, sabemos hasta qué punto nuestros temerones achican a los majos andaluces, hasta en la hipérbole, que es la forma retórica de los guapos.

Paisanos somos de aquel soldadito, al cual se propusieron tomar el pelo unos cuantos del mediodía, contándole cómo el uno había escabechado a más de veinte mambises y el otro había defendido él solo un fortín, rechazando a cuatrocientos de negrada.

-Y tú, ¿qué hiciste, gallego? -preguntaron, irónicos, al ver que el soldadito escuchaba sin despegar los labios.

-¿Yo? -respondió él, levantando la cabeza-. Yo..., ¡morrín en todas las batallas!

No sé si serían capaces de esta homérica respuesta Juaniño y Culás; pero si lo eran de repetir, a su modo, el célebre reto del Romancero:

Y siquiera salgan tres,
y siquiera salgan cuatro,
y siquiera salgan cinco;
y siquiera salga el diablo...

cantando en tono irónico, de desafío, al pasar de noche por el sitio más oscuro, requiriendo la garrota claveteada:
Yo soy hombre para dos...

Esta noche ha de haber leña...

o cualquiera otro de los retos que atesora la musa popular.

No obstante, por muchas canciones que den al viento, es imposible probar la guapeza cantando; llega un día en que es preciso también solfear, y de firme. Los gallegos guapos, profesionales, tienen, respecto a los andaluces, la desventaja de trabajar para un público más escamón, crédulo solamente en lo supersticioso, y de tejas abajo, desconfiadísimo. Por algún tiempo se sostendrá una reputación sin pruebas positivas; al cabo habrá que darlas, o caer del pedestal entre solapada burla. Juaniño y Culás llegaron a comprender que el hecho de no haberse afrontado los comprometía seriamente ante los mozos rifadores, los sesudos viejos petrucios, las mociñas, hipócritamente cándidas y las viejas medrosicas, que a todo se persignan exclamando:

-¡Asús, Asús me valga, mi madre la Virguene!

Las dos parroquias tenían su honor; el consabido honor de andar a porrazos, puesto en manos de Culás y de Juaniño, sus campeones; no era cosa de sufrir que lo empañasen no administrándose una rociada de las de padre y muy señor mío, con el fin de aquilatar cuál de las dos parroquias, la de la tierra baja o la de la alta, la ribereña o la montañesa, puede preciarse de tener hombres más hombres, ¡rayo!

Ya principiaba en las romerías el juego de dichos, insultillos y burletas. Como los héroes de Homero, los mozos de Rozas y de Bonsende se ejercitaban en la inventiva, esperando el instante en que Aquiles se midiese con Héctor. Había risotadas ofensivas, fumaduras de tagarnina impertinentes, escupiduras de costado y puños que apretaban mocas y cardeñas, o que, con sentido más modernista, se deslizaban en la faltriquera, cerciorándose de que estaba allí, cargado y brillante, el revólver... Porque estos adelantos de la civilización han llegado a las idílicas aldeas, y el comercio de navajas y armas de fuego es activo y fructuoso, y cada noche, en las carreteras, resuenan detonaciones, no se sabe contra quién...

A la salida de misa, funcionaban activamente las lenguas. Se convenía en que si Juaniño y Culás no se daban prisa a despachar aquel cuento, sería difícil, en la primera fiesta, contener a los demás mozos, impedir que se enredasen, según andaban de alborotados... Y todos convenían en que, a suceder tal desdicha, muchos emplastos había que aplicar al día siguiente y no pocos pesos que aflojar para que se certificasen de leves y curables, en cortos días, heridas gravísimas, y evitar que más de cuatro rapaces de bien fuesen "echados" a presidio...

En vista de esto, Culás, el más vivo de los dos guapos, vio claramente que no era posible retrasar el encuentro; había llegado la hora...

Como el matador remolón en la plaza de toros, sintió la voluntad colectiva sustituyéndose a su voluntad personal, y decidió, aquella misma tarde, decirle dos palabrillas a Juaniño, que tornaría de la feria por el camino del crucero.

Bajo el crucero mismo se apostó, encendiendo un papel y sacando fumadas lentas, con ademán despreciativo. Lo que pensase en su alma Culás de Bonsende, eso lo sabrá Dios, pues sabe hasta lo que la policía ignora; pero el gesto era gallardo, la mano no temblaba, ni en el tostado semblante había rastro de palidez. Las patillas rojas del mozo relumbraban como hilado cobre a los últimos rayos del sol, y sus ojos verdes, de gato joven, relucían fieros.

Volvía Juaniño de la feria cabalgando un jaco peludo que acababa de mercar. Como era un mocetón hercúleo, las piernas casi le arrastraban, porque el fracatrús pertenecía a la exigua y resistente raza del país.

Al oír las pisadas del caballejo, Culás tiró el cigarro y empezó a silbar, desdeñoso, atravesándose en el angosto camino. Y como Juaniño, sin hacer caso del obstáculo, intentase pasar, el de a pie abrió los brazos y gritó ásperamente, con claridad y estridencia de gallo arrogante:

-¡Ey! ¡No se pasa! ¡Bajarse del caballo, que aquí está un amigo!

La salvaje ironía de la última frase fue bien comprendida... Juaniño pensó para su chaqueta:

"Vamos... No hay remedio... Milagro que no fue antes..."

Pausado, frío, descabalgó y amarró al castaño más próximo su ridícula montura. No había pronunciado palabra, ni Culás añadió ninguna a las ya articuladas. Así que sujetó al jaco, volvióse, y preguntó lacónico:

¿Qué se ofrece?

El ademán fue la respuesta... Culás hacia molinetes con su garrote en el aire.

Juaniño asintió. No valía aplazar. No sentía, en el fondo de su alma, ni chispa de malquerer contra Culás. No mediaba ni una rapaza bonita, ni un vaso de vino, ni una brisca mal jugada. No pleiteaban. No se habían hablado. Y era necesario que se agarrasen. Lo exigía el honor de dos parroquias. El único honor que ellos conocían.

Y cayeron el uno sobre el otro. Juaniño, especie de gigantón, parecía deber llevar ventaja; sólo que Culás era más ágil, más diestro. Sin sospechar ni en el nombre del jiu-jitsu, poseía sus tretas. Asestó cierto golpe al tórax ancho, y Juaniño se tambaleó, aturdido, pronto a desplomarse. Más antes tuvo tiempo de descargar, maquinalmente, el puño sobre la cabeza de su adversario, que se doblegó como un muñeco de goma.

Ambos cayeron al suelo. Volvieron a erguirse. La lucha se reanudó entre sofocadas interjecciones.

Se habían propuesto no emplear armas. No era cosa para dejar el pellejo. ¡Si no se querían mal! Pero al recibir otro porrazo cruel en la cara, Culás, viendo estrellas y círculos rojos ante sus pupilas cegatas, echó mano al cuchillo... ¡Juaniño se derrumbó! No hubo sangre. La herida sangraba por dentro.

Culás se alzó. Él, en cambio, estaba como un carnero degollado: por narices y boca arrojaba hilos purpúreos. Corrió a lavarse en una fuente. Y corrió más después, porque comprendía que, no se sabe cómo, había matado a un hombre, y la justicia le echaría mano... No quedaba más recurso que esconderse unos días, arreglar en Marineda el asunto y embarcar para Buenos Aires.

"Blanco y Negro", núm. 954, 1909.

Infaliblemente pasaba por debajo de mi balcón todas las noches, y aunque no la veía, como ella iba cantando barbaridades, su voz enroquecida, resquebrajada y aguardentosa me infundía cada vez el mismo sentimiento de repugnancia, una repulsión física. La alegre gente moza, que me rodeaba y que no sabía entretener el tiempo, solía dedicarse a tirar de la lengua a la perdida, a quien conocían por la Corpana; y celebraban los traviesos, con carcajadas estrepitosas, los insultos tabernarios que le hipaba a la faz.

Cuando me encontraba en la calle a la beoda, volvía el rostro por no mirar a aquel ser degradado. No solamente degradado en lo moral, sino en lo físico también. Daban horror su cara bulbosa, amorotada; sus greñas estropajosas, de un negro mate y polvoriento; su seno protuberante e informe; los andrajos tiesos de puro sucios que mal cubrían unas carnes color de ocre; y sobre todo la alcohólica tufarada que esparcía la sentina de la boca. Y, sin embargo, en medio de su evidente miseria, no pedía limosna la Corpana... Aquella mano negruzca no se tendía para implorar.

Los que tenían el valor de ponerse al habla con ella, de eso precisamente la oían jactarse: de que "se valía sola"; de que vivía y se embriagaba a cuenta de su trabajo... ¡Su trabajo!... Parecía increíble: la arpía encontraba labor..., ya que de algún modo hemos de decirlo... Trajineros y arrieros que incesantemente cruzaban el pueblecillo llevando sus recuas cargadas de pellejos de mosto, cueros o alfarería vidriada; mendigos, transeúntes que corrían tierras espigando la caridad; jornaleros que acababan de gastarse en la taberna parte del sudor de la semana; mozallones desvergonzados que salían de tuna y se recogían antes del amanecer, temerosos de una tolena de sus padres..., he aquí los que ofrecían a la Corpana, entre bisuntas monedas de cobre, fieras zurribandas con las cinchas de los mulos, puñadas entre los ojos, puntillones de zueco y bofetones de los que inflan el carrillo... Porque ha de saberse que los más se acercaban a la Corpana con objeto de tener el gusto de majar en ella, y la diversión consistía en la lucha, de la cual la mujer, con sus bríos de hembra terne, salía rendida y vencida en todos los terrenos, excepto en el verbal, no agotándose el chorro de sus injurias y sus pintorescos dicterios, ni cuando yacía en el suelo, medio muerta a fuerza de golpes y de ultrajes. Alguien llamaría sadismo a la peculiar atracción, salvaje y cruel, que ejercía la Corpana en su clientela especial; y si hubiese sadismo en este caso, preciso será conocer que no es la literatura quien propaga tales iniquidades, pues la mayoría de los atormentadores de la muyerona no creo que hubiesen deletreado, no digo yo al consabido divino marqués, pero ni aún el abecé en la escuela.

Vagaba la Corpana siempre sola; ni las regateras, fruteras ni panaderas del mercado, ni las aldeanas que venían a vender gallinas y leña, ni las golfas de la calle, en pernetas y sin peinar, se hubiesen juntado con semejante barredura. Equivocado estará el que crea que la noción de la desigualdad social la cultivan las altas clases. Es en las bajas, y aún en las ínfimas, donde se acata mejor esa ley de la clasificación y la desigualdad ante los seres humanos. El mohín de desprecio que hacía a la Corpana, por ejemplo, la Gorgoja, panadera de las más humildes, que compraba la harina averiada y se sustentaba de revenderla, y que no era ninguna Lucrecia, si hemos de atender a las murmuraciones, no puede compararse sino al que hace la gran señora a la burguesa entremetida, que aspira a forzar las puertas de su trato. A bien que la Corpana, altanera a su modo, digna a su estilo, no se acercaba a ninguna de aquellas desdeñosas: se contentaba con soltarles, a distancia, una ristra de insultos: "¡Lamelonas! ¡Porcallonas! ¡No tenedes faldra en la camisa!".

Y cuál sería el grado de desprecio que inspiraba la Corpana, que ni aún se dignaban cruzarse con ella. Reían entre sí, escupían de lado, se limpiaban con el delantal y después aparentaban, diplomáticamente, no haberla visto ni oído.

Indescriptible fue el asombro de la gente cuando un día apareció la Corpana llevando de la mano a una niña.

Y no a una niña del arroyo; no a una de esas criaturas enlodadas y famélicas, hoscas y escrofulosas, que representan, para tantas pobres mujeres el fruto ansiado de las entrañas, sino una especie de señorita gentil y escantadora, rubia y blanca, vestida con esmerada pulcritud... Una chiquilla como un sol, de unos nueve a diez años, altiva, trajeada de cretona gris, con su cuello blanco, su lazo azul en el pelo y la mata de reflejos dulcemente trigueños tendida por la espalda. La extrañeza, elevada a pasmo, se reflejaba en los cándidos ojos, de violeta de la flor de lino, que la pequeña alzaba hacia su madre... Porque todo el pueblo lo sabía a la media hora: la chiquilla era hija de la Corpana, recogida, criada y educada en casa de una hermana mayor de la perdida, que tenía tienda allá en Puentemillo, y que acababa de morir súbitamente. Los herederos, los sobrinos legítimos, devolvían a la loba la inocencia lobezna, y allí andaban las dos, madre e hija, todo el día de la mano; la borracha, sin borrachera; la criatura, atónita y encogida de miedo a algo, no sabía ella decir a qué... Sus mejillas palidecían, su boca se contraía, sus manos se ponían color de sebo, su vestidito planchado se ajaba y a la semana siguiente había adquirido el aspecto sórdido de las pobretonas...

Un domingo, al cruzar la plaza para ir a misa, vi que la propia Corpana me salía al encuentro y me cortaba el paso. No temí la racha de injurias que hasta involuntariamente expelía aquella boca: la Corpana venía de paz, venía con los ojos en el suelo... y, en aquel mismo instante, sentí dentro de mí dos cosas: la primera, que aquella mujer no profería una palabra que no fuese dolor y vergüenza de sí misma; la segunda, que yo ya no sentía ni repulsión ni desdén. Había entre nosotras algo humano que tácitamente nos ponía de acuerdo.

-Por caridad de Dios -balbucía la que nunca había pedido limosna y lo tenía a menos-. Saquen de mi poder a esta criatura, señores... Sáquenmela pronto, llévenmela... ¡Ya ven que no puede ser!

-No puede ser -repetimos todos, comprendiendo inmediatamente; y tomando a la niña con nosotros, la rodeamos como de un círculo defensivo, la aislamos, por un movimiento al cual el instinto dio la precisión de una maniobra militar.

Y lo terrible fue que la niña, sonrosada de gozo y emoción, se nos entregaba, presurosa de libertarse de su tremenda madre; se nos pegaba, huyendo horripilada de la que le había dado el ser... Y yo, fijando el mirar con involuntaria atracción en la Corpana, vi que de los ojos inyectados de la alcohólica saltaba una lágrima pequeña, que debía de ser muy acre, amargosa como el zumo de las retamas en el monte bravío...

Cuando hubimos colocado a la chiquilla en un convento de enseñanza, a fin de que pasase allí los años que le faltaban para tener edad de ganarse el pan honradamente, me dijo un día Tropiezo, el médico de Vilamorta:

-¿Llorar la Corpana? Sería aguardiente de orujo.

¡No! Era sangre y agua, era dolor líquido... En todo corazón está oculta una lágrima. Y los moribundos la vierten en la agonía, si en vida no pudieron...

"El Imparcial", 16 septiembre 1907.

En el mismo lindero del monte se encontraron, mirándose con sorpresa, porque no se conocían... Y en la aldea, eso de no conocer a un cristiano es cosa que pasma.

A la extrañeza iba unida cierta hostilidad, el mal temple del que, dirigiéndose a un sitio dado para un fin concreto, tropieza con otra persona que va al propio sitio llevando idéntico fin. No cabía duda; armados ambos de un hacha corta, en día tan señalado como aquel, sólo podían proponerse picar leña al objeto de encender la lumbrarada de San Juan... Así es que prontamente, desechando el pasajero enojo, su juventud estalló en risa. Ella reía con un torongueo de paloma que arrulla, columpiando el talle y el seno; él reía enseñando los dientes de lobo entre el oro retostado del bigote.

-Entonces, ¿viene por rama? -preguntó ella, así que la risa le permitió formar palabras.

-¿Y por qué había de venir, aserrana, no siendo por eso?

-¿Yo qué sé? También se podía venir paseando.

-¿Paseando con la macheta?

-Bueno, cada persona tiene su gusto...

Mientras tocaban estas dicherías se examinaban, ya medio reconciliados, llenos de curiosidad, creyendo reconocerse y no lográndolo. ¿Dónde había visto ella aquellos ojos color del mar cuando está bravo y se quiere tragar las lanchas pescadoras? ¿Dónde habían reído otra vez para él aquellos labios de cereza partida, infladitos, bermejos y pequeños? ¿Dónde, dónde?

-¿Tienes la casa muy lejos?

-¿Por qué me lo pregunta? -articuló ella súbitamente recelosa-. ¡Hay tanto pillo capaz de burlarse de las mozas si las topa solitas en un monte cubierto de pinos, cuando no se oye más ruido que el del viento zumbando en la copas y no se ve más cosa viviente que las pegas blanquinegras saltando entre la hojarasca podrida!

-Lo preguntaba al tenor de que le pesará el fajo para carretarlo allá a cuestas.

-Ayudando Dios, bien lo carretaré hasta la era del tío Miñobre.

-¿El tío Miñobre? ¿El zapatero? ¡Qué de medias suelas me echó a los zapatos siendo yo chiquillo, mujer! ¿Y qué eres tú del tío Miñobre?

-Su hija, ¡vaya! ¿Qué había de ser?

El mozo, asombrado, se quedó pensativo. Su figura esbelta, bien plantada, lucía con el traje de marinero, que le descubría el cuello robusto, atezado, hendido en la nuca por enérgica expresión. Al fin castañeó los dedos triunfalmente.

-¡Camila! ¡Camila! ¿No te alcuerdas de mí?

Soltó la rapaza el hacha de leñadora y juntando las manos en señal de admiración, exclamó placentera:

-¡Félise! ¡Ya lo estaba cavilando: este, o es Félise o es el mismo demonio en su figura!

-¡Vaya, mujer! ¡Conque Camila!

-¡Vaya, hombre! ¡Conque Félise! ¡Tantos años que largaste de aquí! Y luego, ¿viéneste a quedar en la aldea?

-A eso vengo. Serví, cumplí, traigo unos pesos y hay salú. Mientras mi madre viviere, aquí me ha de sostener la tierra.

-Por muchos años... -deseó ella, bajando la vista, con el dulce mohín vergonzoso de las vírgenes aldeanas.

-Y entonces, ahora que nos conocemos, ¿cortamos la ramalla de una vez? Porque yo falto de la aldea desde que era pequeño como un botón, y tengo ganas de armar la lumbrarada, como en aquel tiempo, ¿oyes, mujer?

Cada uno de los dos interlocutores rompió a esgrimir con ánimo el hacha. Había, en el movimiento de cortas ramas y hasta pinos menudos, una especie de porfía de vigor y de fanfarronada juvenil; tratábase de reunir pronto más leña, para avergonzar al compañero. Era ese pugilato de fuerzas físicas entre el varón y la hembra, que es uno de los atavismos de la raza, en la cual las hembras no han sido vencidas por los hombres, ni en caletre ni en musculatura. Y aunque Camila Moñobre tuviese poco de virago, y sintiese que el sudor brotaba de cada onda de su pelo negro, alisado con agua e indómito ya, se daba prisa, incansable, apilando madera verde, envuelta en el vaho de resina y cubierta por el espesiallo de finas púas, que caía a cada golpe. Las mariposas forestales de alas de terciopelo castaño huían despavoridas; los pájaros monteses se disparaban revolando, alarmados ante aquel estropicio; una liebre salió por pies de entre las uces. Félix sintió una compasión irónica.

-Deja, mujer, que ya tienes ahí para dos fogueras. ¿De qué te vale tanto cortar? Luego no puedes cargarlo a lomos.

-Si puedo o no puedo, se verá... ¿Tú cortaste ya lo que te cumplía?

-Paréceme que sí

-Pues ¡hala!

Y, con resolución furibunda, atropelladamente, la moza, desciñéndose una cuerda que llevaba arrollada al talle, empezó a liar el haz. Otro tanto hizo Félix, también provisto de soga. Después, galantemente, se ofreció a erguir y cargar el haz de Camila: él ya se las arreglaría para echarse a cuestas el suyo. Y lo hizo, apoyándose en el vallado, hinchándosele un poco las venas del cuello. Los haces eran enormes; el ramaje barría el suelo y cubría a los portadores que, al romper a andar trabajosamente, agobiados, parecían un matorral ambulante. Avanzaban dando traspiés, cegados, y del fondo del matorral salía a veces una risada, violenta por la fatiga y el esfuerzo.

Ninguno de los dos, ni por el valor de una onza de oro, hubiese confesado que aquello pesaba de más. Al resistir el peso significaban, con bizarra vanidad, ella: "Soy hembra de labor, capaz de ayudar a mi hombre", y él "Aunque me ves de marinero, sigo siendo un mozo de aldea, y lo que otro haga, a fe, hágolo yo". Y continuaban, habiendo salido ya a la carretera vecinal, que ocupaban de cuneta a cuneta, con el desbordamiento del fajo reventón. De pronto, el haz de Camila pareció aplastarse en tierra: era que la rapaza se había caído de rodillas. No podía Félix ayudarla... Se irguió como supo, y de entre las ramas tupidas brotó una protesta.

-Fue que di contra un croyo... Velo ahí, ¿ves?

Félix desvió con el pie la piedra, y siguieron marchando, mudos, jadeantes. La tarde caía, y el lucero tembloroso como una perla colgaba en pendentivo, titilaba en el cielo pálido. En la revuelta, el crucero abría sus brazos de piedra ruda donde, toscamente esculpido, moría el Redentor. El sol no quería acabar de ocultarse: estaba quieto, rendido de tanto haber bailado al salir en la mañana mañanera del señor San Juan. El crepúsculo era infinitamente largo y dulce. Los dos mozos se habían detenido a la vez, soltando el haz y pasándose la mano por la frente inundada, en que latían las arterias.

-¿Aquí? -murmuró él, transigiendo.

-Bueno, aquí... -contestó ella, hipócrita, como quien se deja obligar.

Emprendieron a desliar el fajo, y él, echando de soslayo una ojeada a la rapaza sofocadísima, propuso:

-¿Armamos dos lumbraradas..., o una sola, Camiliña de azúcar?

-Según sea tu gusto, Félise.

Sin más, autorizado, juntó el marinero los dos haces en enorme pira y, restallando un fósforo, les prendió fuego. Camila ayudaba, soplaba, activaba. Chasquearon las ramas, se alzó humo denso, y el olor a manzanilla y saúco que venía del prado vecino quedó ahogado entre el vaho a trementina del pino frescal... Félix, con agilidad de marino, saltó la hoguera, alzando torbellinos de centellas menudas, y al tomar vuelo fue a caer contra Camila, que reía otra vez y que le amparó.

Y como la hoguera iba terminando -¡qué pronto arde tanta rama!- se miraron, y enganchados del dedo meñique alejáronse lentamente del crucero, entre la apacible penumbra del crepúsculo, que no terminaba nunca. Félix, a la oreja de Camila susurraba:

-Buena lumbrarada la que hemos armado, mujer.

"El Liberal", 5 agosto, 1907.

Oyendo llorar al pequeño, el de cuatro meses, la madre corrió a la cuna, desabrochándose ya el justillo de ruda estopa para que la criatura no esperase. Acurrucada en el suelo, delante de la puerta, a la sombra de la parra, cargada de racimos maduros, dio de mamar con esa placidez física tan grande y tan dulce que acompaña a la vital función. Creía sentir que un raudal tibio e impetuoso salía de ella para perderse en el niño, cuyos labios inflados y redondos atraían tenazmente la vida de la madre. La tarde era bonita, otoñal, silenciosa. Sólo se oía el silbido de un mirlo, que rondaba las uvas, y el goloso glu-glu del paso de la leche materna por la gorja infantil.

Sobre el sendero pedregoso resonaron aparatosas las herraduras de un caballo. Resbalaban en las lages, y sin duda arrancaban chispas. La aldeana conoció el trote del jamelgo: era el del médico, don Calixto. Y gritó obsequiosamente:

-Vaya muy dichoso.

El doctor, en vez de pasar de largo, como solía, paró el jaco a la puerta de la casuca y descabalgó.

-Buenas tardes nos dé Dios, Maripepiña de Norla... ¿Qué tal el rapaz? Se cría rollizo, ¿eh?

La madre, con orgullo, alzó al mamón la ropa y enseñó sus carnes, regordetas, rosadas, no demasiado limpias.

-¿Ve, señor?... Hecho de manteca parece.

-Mujer, me alegro... De eso me alegro mucho, mujer... Porque has de oírme: he recibido carta de los señores, ¿entiendes?, de los señores, los amos... Que les mande allá una moza de fundamento, y de buena gente, y sana, y bonita, y que tenga leche de primera, para amamantarles el hijo que les acaba de nacer... Y con estas señas no veo en la aldea, sino a ti, Maripepiña.

Un asombro, una curiosidad atónita, se marcaron en el rostro algo amondongado, pero fresco y lindo, de la aldeana.

-¿Yo, don Caliste? ¿A mí...?

-A ti, claro, a ti... No sé de qué te pasmas... A mí no había de ser... Si te dijese que te llamaban para guiar el coche, bueno que te asombrases...

-Y entonces, ¿quiérese decir que tengo que largar para Madrí, don Caliste?

-No siendo que pienses darle teta desde aquí al pequeño de los señores...

-No se burle... No se burle... ¿Y qué dirá mi hombre cuando sepa que dejo la casa y los rapaces?

-Dirá que perfectamente. ¿Qué diantre ha de decir? Os cae en la boca una breva madura. Ocho pesos de soldada al mes, comida..., ¡ya supondrás qué comida! Y ropa... ¡De ropa, como la reina! Collares y pendientes de monedas de oro, pañuelos bordados, mantel de terciopelo... ¡Hecha una imagen!

-Ocho pesos -repitió impresionada la aldeana, mientras el mamón, acogotado de hartura, cerraba los ojuelos y se adormecía-. ¿Dice que ocho pesos?

-¡Y propinas! ¡Propinas gordas!

Maripepiña meneó la cabeza, cubierta de densa crencha, de un rubio magnífico, veneciano, que, sencillamente alisado para domar su rizosa independencia, brillaba a los últimos rayos del sol. Cubrió el globo del seno, que todavía rozaba, descubierto, la cabeza del niño dormido, y repitió:

-¿Qué dirá mi hombre?

-¿El trabaja en la viña de Méntrigo?

-Sí señor... Allí está el enfelís, aguantando calor desde la madrugada.

-Pues, paso por allá y se lo remito... porque esto no da espera, mujer. Si te determinas, has de salir hoy mismo: vengo a recogerte y te llevo a Vilamorta; la diligencia sale a las once de la noche, por aprovechar las horas frescas.

Nada contestó la moza... Su estrecha frente estaba como abarrotada de pensamientos contradictorios. El médico cabalgó otra vez y se alejó, con el mismo choque de eslabón de las herraduras contra las lages de la calzada bruñidas por el tiempo.

Un cuarto de hora después, el hombre de Maripepa aparecía, chaqueta al hombro, azadón terciado. No hubo explicación: ya venía informado por el médico:

-Y luego, Julián, ¿qué nos cumple hacer?

El aldeano, al pronto, calló, con cazurro silencio. Soltó azadón y chaqueta y fue a sacar de la herrada un tanque de agua fría, que apuró a tragos largos, como se deben apurar las amarguras incvitables...

Limpiándose la boca con el dorso de la mano, se acercó, cejijunto, a su mujer, que acababa de soltar al crío en la cuna.

-Nos cumple, nos cumple... -repitió sentencioso-. Nos cumple a los pobres obedecer y aguantar... El amo, si está de buenas, puédese dar que nos perdone la renta del año; y que la perdone, que no la perdone, tus ocho pesos nadie te los quita. Y tú, según los vas cobrando, aquí los remites, que yo tengo mi idea, mujer, y nos perdonando la renta, si tú se lo sabes pedir con buen modo a la señora, con tu soldada mercábamos el cacho de la viña que está junto al pajar, y ya teníamos huerta, patatas y berzas, y judías, y calabazas, y todo...

-Bien; estando tú conforme, voy a recoger la ropa.

El marido gruñó:

-Lleva no más lo puesto, parva, que ropa ha sobrarte.

-Y a los rapaces, ¿quién los atiende?

-Estarán atendidos. Vendrá mi hermana, la más pequeña. Ya cumplió los diez años por San Juan; sirve para cuidarlos.

-Que no le falte leche a Gulianiño -imploró la madre, señalando a la cuna.

Y al pronunciar el nombre cariñoso del nene, se le quebró la voz a Maripepa y las lágrimas apuntaron en sus ojos verdes, del color de los pámpanos de la vid.

El marido, por su parte, también sintió no sé qué allá, en lo hondo de sus toscas entrañas de labriego amarrado sin reposo a la labor que gana el pan oscuro y grosero... Por un instante los esposos se miraron, con el mismo ¡ay!, con la misma devoción a la cría, a la prole.

-Voyme de mala gana, mi hombre -suspiró la hembra.

-¡No hay remedio! -articuló él, reflexivamente.

Y, de pronto, agarrando por el pescuezo a Maripepa, la besó sin arte, restregándole la cara.

-Cata que eres moza y de buen parecer -refunfuñaba entre estrujones-. Cata que no se vayan a divertir a mi cuenta los señoritos... Tú vas para el chiquillo y no para los grandes, ¿óyesme? En Madrid hay una mano de pillería. Como yo sepa lo menos de tu conducta, la aguijada de los bueyes he de quebrarte en los lomos...

La aldeana sonreía interiormente, bajando hipócrita los ojos. Ella sería buena por el aquel de ser buena; pero su hombre no tenía un pie en Norla y otro en Madrid, y los mirlos no iban a contarle lo que ella hiciese... Y, con modito maino, se limpió los carrillos del estregón y sacudiendo la mano en el aire, articuló mimosa:

-¡Asús, lo que se te fue a ocurrir, santo! ¡Nuestra Señora del Plomo me valga!...

El pueblecillo parecía difumado en sombría bruma y en el aire flotaba dolor. La escasa gente que se atrevía a salir a la calle iba a tiro hecho: a buscar remedios, que escaseaban en la botica, o a pedir en el huerto del conventillo de San Pascual rama de eucalipto, para quemarla en braseros y cocinas y aprovechar así el más barato y humilde de los desinfectantes. A la puerta de don Saturio, el médico, había siempre un grupo que se comunicaba sus cuitas en voz lastimosa y apagada.

-No está... Salió esta mañana cedo, para Lebreira, que muérese el cura...

-Y cuando torne, somos más de cincoenta a lo llamar...

-Yo tengo el padre en las últimas. No sé qué le dar, ni qué le hacer.

-Las dos fillas mías echan la sangre a golpadas.

-Este negro mal les da a los mozos, a los sanos, y nos deja por acá a los que ya más valiera que nos llevara... ¡Nuestra Señora del Corpiño nos valga, Asús!

El trote cansado de un rocín interrumpió la plática. El médico, enfundado en recio gabán, calado un sombrerón ya desteñido por las lluvias, regresaba de Lebreira, y en su rostro, que la mal afeitada barba rodeaba hoscamente, se leían la inquietud y el disgusto. A las preguntas de las comadres contestó con un gesto de adustez.

-¿El señor cura? Con Dios, ya desde antes de yo llegar...

Un coro de súplicas se alzó:

-Señor, por el alma de quien más quiera, venga a mi casa.

-Venga antes a la mía, señor, que el marido y el hijo están acabando y no sé cómo valerles...

-A la mía, que mayor desdicha no la haberá...

Rabioso, se apeó el médico, gritó a su criado la orden de recoger el caballejo a la cuadra, y después de vacilar unos segundos -hubiese preferido descansar y una taza de café muy caliente- siguió a la que acababa de alegar la gravedad del marido y del hijo.

Por callejas sucias y pedregosas se dirigieron a una casa algo más cuidada, de mejor apariencia que las restantes. Las maderas de esta casa, puertas y ventanas, eran nuevas, y tenían el aspecto de solidez de lo bien construido. Como que el moribundo era el mejor carpintero del pueblo, y le sobraba trabajo, sobre todo desde que se había declarado la fatal epidemia... Sí: desde que caían diariamente diez o doce personas, aterradora proporción para tal vecindario, Mateo Piorno no descansaba de día ni de noche, serrando y ajustando tablas destinadas a ese luengo estuche, más ancho y alto por la cabecera, en que ha de contenerse todo el orgullo, toda la maldad, toda la miseria y toda la ilusión humana. Los ataúdes producían más que otro trabajo cualquiera, porque aún los muy pobres no suelen regatear tratándose de estos artículos, y llovían los pesos duros en la hucha de Mateo Piorno, hasta el día en que le acometió también a él -a fuerza de cerrar cajas acercándose a los muertos y manejándolos- el mal, aquel mal que de los muertos venía, que era seguramente la emanación deletérea de tanta carne de hombre hacinada en los campos de batalla, mal cubierta por la tierra madre, horrorizada de ver sus entrañas profanadas así. Y mientras el carpintero, todavía joven y vigoroso, luchaba con el morbo, al principio hipócritamente benigno, de repente avasallador, el hijo, de dieciséis años, se rendía a su vez, y la queja sorda de los dos enfermos era un ruido quizá doblemente fatídico que el de los martillazos clavando las cajas...

Cuando el médico entró, Mateo, desde hacía media hora, había cesado de quejarse. Don Saturio alzó el embozo y miró el rostro, que empezaba a adquirir tintas plomizas.

-¡Para este -gruñó- no hago falta!...

La mujer exhaló un chillido desesperado. Comprendería de súbito. Y cuando empezaba a lamentarse una voz familiar la llamó desde la puerta:

-¿Qué es eso, Cándida? ¿Qué ha pasado?

Era un fraile mendicante, alto, seco, que venía cargado de un brazado enorme de rama de eucalipto; y con él entró una ráfaga de esencia pura, fuerte; un aire de salud. El médico le hizo una seña.

-Me encontré esta novedad... Y no será la única... Falté del pueblo unas horas, porque fui a Lebreira, donde el abad ya falleció. Esto es el fin del mundo. La mitad más uno de los vecinos con la tal peste. Aquí, el muchacho me parece que salvará; haga usted la desinfección con el formol, y déle otro sello de aspirina. Yo me voy, que me esperan quince o veinte. Aún no he comido. Me duele la cabeza. Y lo peor es que no sirve de nada tanto fatigarse. ¡Caen como moscas!

El fraile entró. Empezó por rezar brevemente ante la cama de Mateo. Se volvió luego hacia la mujer, y poniéndole la palma de la mano en el hombro, no sugirió: ordenó la conformidad.

-Lo manda Aquel... No somos nadie para rebelarnos contra lo que manda. Y tú, Cándida, ¿puede saberse por qué no me avisaste antes? No debiste dejar que tu marido se fuese así... A más, yo estaba bien cerca: en casa de Manuel el albéitar, que la madre también... ¡Ea, mujer, ánimo! Reza conmigo, y después, no te falta quehacer con el muchacho. Dale a beber agua con una cucharada de ron. Yo le administraré las medicinas. Va a sudar; ponle otra manta.

La mujer iba a coger la de la cama de Mateo; un respingo del fraile la contuvo.

-Pero, señor, si ya mi marido, malpocado, no necesita la manta...

-Hay que perdonarte porque no sabes lo que haces. Coge una de las que tienes de reserva, para el enfermo. Después, ve a avisar que vengan a llevarse a tu esposo: ya sabes que no permiten que estén en casa ni una hora.

Mientras la mujer cumplía los menesteres, el franciscano entró en la pieza que servía de taller a Mateo. Había en ellas olas de virutas, hacinamiento de astillas y tablones, el banco reluciente por el uso, con esos curiosos esgrafiados que son la vanidad de los carpinteros. Y en el centro del taller, un féretro nuevo, oliendo gratamente a resina, al cual sólo faltaba una tabla en la tapa. El carpintero no pudo acabar su labor...

El fraile tomó el martillo y, torpemente, clavó la tabla, pegándose más de una vez en los dedos. Luego arrastró tapa y caja al dormitorio, donde yacía Mateo, y donde su hijo empezaba a amodorrarse, en el bienestar del sudor resolutivo. Tapó al enfermo, desinfectó rápidamente. Cándida no tardó en presentarse gritando de un modo histérico:

-¡Ay señor! ¡Ay santo! ¡Ay padre! ¡Infames, perdidos! No querían darle sepultura.

-¿Qué dices, mujer?

-Que el enterrador está en la cama, y los otros dicen que no es cosa suya, que no es obligación. ¡Tienen miedo! ¡Malvados!

-Motivo hay... -declaró el franciscano, moviendo la cabeza-. No los insultes. Bastante infelices sois todos.

Y como Cándida sollozase amargamente, compadeciéndose a sí misma, el fraile añadió con imperio:

-Ayúdame, hermana. Aquí tenemos el ataúd; tú envuelve en la sábana el cuerpo.

Mientras la mujer realizaba esta tarea, el fraile corrió de nuevo al taller, y con dos astillas y una tachuela hizo una cruz.

-¡Ahora, ánimo! Agárralo por los pies, yo por los hombros...

Lo depositaron cuidadosamente en el féretro, y el fraile depositó sobre el pecho la tosca cruz, sujetando lo mejor que supo la tapa de la caja.

-¿Y ahora, señor? -murmuró la mujer.

-¡Ahora, arriba! ¡A los hombros! ¿Puedes?

Había que poder. El carpintero pesaba. Gruesas gotas de sudor corrían por la frente del fraile. Cándida no penaba tanto, hecha a más rudas labores, sin duda, pero la sacudía el zopillar angustioso.

-Calla, mujer, calla; ya hiparás después...

A nadie encontraron en su fúnebre paseo. El cementerio estaba próximo, por fortuna. No tardaron en hallar las herramientas. Los brazos les dolían, la respiración les faltaba al cavar en el suelo endurecido la ancha fosa. El fraile, cuando ya vio el ataúd depuesto, pensó en orar. Dijo las preces, bendijo la sepultura cristiana. Luego cubrió el ataúd con los removidos terrones. Y enjugándose el sudor, ya frío en sus sienes, iba a retirarse, a tiempo que divisó a dos hombres, portadores de otra fúnebre carga. Sólo que esta vez faltaba el féretro. ¿No faltaba también el carpintero? Venían los despojos envueltos en una manta. Y el fraile, sencillamente, suspirando de fatiga, tomó otra vez el azadón...

-Yo los ayudo, hermanos.

"Raza Española", núm. 1, 1919.

Cuando entrábamos en la antigua mansión, entregada desde hacía tantos años, no al cuidado, sino al descuido de unos caseros, me dijo mi padre:

-Mañana puedes ver el cuerpo de una tía abuela tuya, que murió en opinión de santa... Está enterrada en la capilla y tiene una lápida muy antigua, muy anterior a la época del fallecimiento de esta señora; una lápida que, si mal no recuerdo, lleva inscripción gótica. La señora es de mediados del siglo dieciocho.

-Veremos un puñado de polvo -observé.

-La tradición de familia es que está incorrupta, y que de su sepulcro se exhala una fragancia deliciosa.

-¿Y cómo se llamaba? -interrogué, empezando a sentir curiosidad.

-Se llamaba doña Clotilde de la Riva y Altamirano... Vivió siempre aquí, y no debió de ser casada, pues papeleando en el archivo he encontrado sus partidas de bautismo y defunción, pero no la de matrimonio.

-¿Se sabe algo de su vida?

-Poca cosa... Lo que de boca en boca se han transmitido los descendientes... A mí me lo dijo mi madre, yo te lo repito ahora... Parece que era una especie de extática tu tía... Y añaden que curaba las enfermedades con la imposición de manos. Lo que puedo asegurarte es que murió joven: veintiocho años... Añaden que no sólo curaba los cuerpos, sino las almas. Cuando una moza de la aldea daba que sentir, se la traían a la tía Clotilde y le quitaba la impureza del corazón poniendo la palma encima.

-Pero de todo eso, ¿quedan testimonios escritos? -insistí con anhelo de evidencia en que apoyar los deliciosos abandonos de la fe.

-Ninguno... Esas cosas no suelen escribirse, y, sin embargo, son las más interesantes... Pero si mañana encontramos el cuerpo incorrupto, ¿cómo dudar de que tenemos a una santa en la familia?

Mi padre no añadió palabras sobre el asunto, porque tuvo que dar disposiciones relacionadas con el problema de cenar y dormir. Todo estaba abandonado en el caserón; aquella gente labriega tenía los muebles destrozados, y las camas torneadas, de columnas salomónicas, dedicadas a frutero. Al fin logramos que nos habilitasen dos colchones y que se friesen unos huevos y se calasen unas sopas de leche. Después de la frugal refacción, mi padre se fue a celebrar una conferencia con los caseros, matrimonio ya encanecido, y yo me asomé a un balcón que daba al antiguo jardín de mirtos, y sobre el cual, formando ángulo, presentaba su fachadita algo barroca la capilla donde reposaba doña Clotilde. El jardín era ya bosquete confuso y enmarañado. Cada planta había crecido a su talante, y la forma severa y geométrica del diseño ni adivinarse podía. Arboles enormes se destacaban sobre la masa de verdor oscuro, y a trechos las sendas y glorietas aún blanqueaban. Olores de miel subían de los macizos en flor. A lo lejos, la ría enroscaba su lomo de dragón de plata, dormido bajo los ópalos misteriosos de la luna. Se escuchaba el cristalino gotear de una fuente, oculta entre los arbustos, que, sin duda, en otro tiempo manó hermoso chorro de agua; pero ahora, obstruido el caño, exhalaba un sollozo interrumpido, lento. Y dentro de mi alma le contestaba otro sollozo. Porque yo -y al llegar aquí de su relación, el sobrino y nieto de doña Clotilde estaba tan pálido como debió de estarlo su tía y abuela en el féretro-, yo, entonces, tenía el corazón más enfermo de lo que pudieran tenerlo las mozas a quienes la Santa curaba aplicándoles la mano; y enfermo de peor enfermedad, pues no era impureza, sino pasión desesperada a fuerza de ser pura y llena de idealismo, lo que yo padecía, lo que ocultaba como debiera Don Quijote haber ocultado su locura generosa, y lo que, habiendo subyugado mi razón, amenazaba dar al traste con ella, llevándome sabe Dios a qué abismo, entre negras ondas de melancolía... Clavando los ojos en la cerrada puerta que guardaba el arcano de una vida más cercana al cielo que al suelo vil, invoqué a la Santa, recordándole que soy de su estirpe, que me une a ella un lazo que jamás se rompe... "¡Santa Clotilde -murmuré, como a mi pesar-, la del cuerpo incorrupto!... Pon tu palma fina sobre este corazón donde circula la misma sangre que circulaba por el tuyo, superior a las miserias de la vida y a los afanes que la consumen... Sáname, sáname... Que yo piense en otra cosa, que yo me liberte de esta idea mortalmente adorada...".

Y con la fuerza y el relieve que tienen las alucinaciones, me representé a la tía Clotilde tal cual estaría en el momento en que alzásemos la lápida desgastada que cubría sus restos... Parecería dormida, no muerta. Sus ojos, dulcemente cerrados, darían sombra con las pestañas largas a las mejillas de magnolia. Sus manos, llenas de sortijas, largas como manos de retrato, cruzadas sobre el pecho, no habrían perdido nada de su flexibilidad ni de su delicadeza mórbida; y yo, cometiendo una respetuosa profanación, cortaría una de esas sagradas manos, para aplicármela sobre el corazón y curarme. Después guardaría la mano milagrosa en una caja de plata, lo más rica posible, cuajada de gemas y de topacios, y siempre que la pasión me rondase en la sombra, sacaría el talismán, y su contacto de sedosa nieve volvería la calma a mi espíritu...

En medio de mi ensueño, me sobrecogí... La puerta de la capilla se abría sin ruido, y salía de ella una mujer... Era imposible distinguir a aquella distancia y entre la sombra que proyectaban los arbustos, entrelazados y espesos, ni sus facciones, ni aún su forma; su ropaje era una vaguedad blanca, y su rostro, una mancha más blanca aún, bajo el ópalo triste de la luna. Más indecisa aún la visión, porque, como temerosa, se escondió prontamente entre el follaje. Hasta podría dudarse si era real su aparición.

Ya se deja entender que apenas dormí. No era la incomodidad de la cama lo que me impedía cerrar los ojos. Era el afán, la impaciencia de ver las manos divinas que consuelan los corazones y mitigan las fiebres de las almas locas...

Apenas mi padre despertó y despachó un frugal desayuno, bajamos a la capilla provistos de herramientas para desquiciar la losa. El casero nos acompañaba. La capilla estaba más abandonada y destruida aún que el resto del edificio. Por los claros del techo, podrido de humedad, entraba la luz del día. Paja y boñiga alfombraban el pavimento. Mi padre, enojado, se volvió hacia el casero.

-¿Por qué metéis aquí los bueyes?

El hombre negó primero; luego, trató de excusarse torpemente... Empezó a desquiciar la losa de carcomidos caracteres góticos, y mi padre y yo le ayudamos con nuestros palos de hierro. Al fin logramos conmoverla, y fuimos alzándola cuidadosamente. Mi fantasía, excitada, me hacía percibir un aroma exquisito, que sin duda era el de las rosas del jardín pasando al través de la puerta.

Salió la losa de su engaste. Un hueco sombrío apareció. Era una sepultura en cuyo fondo se veían algunos huesos carcomidos, trozos de tela de color indefinible y próximos a deshacerse en ceniza; en suma, lo que suele hallarse en todo sepulcro. ¡No ya cuerpo incorrupto, ni siquiera cuerpo momificado!

Nos miramos llenos de contrariedad...

Resolvimos dejar caer otra vez la losa en su sitio, cuando reparé en un puntito brillante que asomaba entre el polvo. Tendí la mano, y cogí un medallón pendiente de cadena sutil. No me vieron cometer el piadoso latrocinio: mi padre estaba distraído en examinar los desperfectos del retablo, de suntuosa talla dorada, y el casero en disculparse. Habían hecho establo, y sabe Dios si pajera, de la capilla...

Después, así que averigüé que el casero tenía una hija joven, comprendí que era ella la que vi salir de noche, recatándose, después de haber borrado precipitadamente y mal la huella de tantos abusos.

Y cuando examiné el medallón hallado en la tumba de Clotilde, comprendí también por qué no podría curarme su mano... El medallón contenía un retrato y un rizo de pelo. ¿Cómo me había de curar la desdichada, si debió de padecer mi propio mal, y acaso de él murió?

"La Ilustración Española y Americana", núm. 28, 1909.

En la iglesuela románica, corroída de vetustez, flotaba la fragancia de la espadaña, fiuncho y saúco en flor, que alfombraban el suelo y que iban aplastando los gruesos zapatones de los hombres, los pies descalzos de los rapaces. Allá en el altar polvoriento, San Julianiño, el de la paloma, sonreía, encasacado de tisú con floripones barrocos, y la Dolorosa, espectral, como si la viésemos al través de vidrios verdes, se afligía envuelta en el olor vivaz, campestre, de las plantas pisoteadas y de las azules hortensias frescas, puestas en floreros de cinco tubos, que parecen los cinco dedos de una mano.

Sin razonar nuestro instinto, deseábamos que la misa terminase.

Al pie del atrio, allende la carcomida verja de madera del cementerio, nos aguardaba el coche -cuyas jacas se mosqueaban impacientes- que iba a reconducirnos, a un trote animado, a las blancas Torres, emboscadas detrás del castañar denso, sugestivo de profundidades. Y ya nos preparábamos a evadirnos por la puerta de la sacristía, cuando el párroco, antes de retirarse, recogiendo el cáliz cubierto por el paño, rígido, de viejo y sucio brocado, se volvió hacia los fieles, y dijo, llanamente:

-Se van a llevar los Sacramentos a una moribunda.

Comprendimos. No era cosa de regresar, según nos propusimos, a las blancas Torres. Había que acompañarle. Irían todos: viejos, mociñas, rapaces, hasta los de teta, en brazos de sus madres, y con sus marmotas de cintajos tiesos. Y sería una caminata a pie, entre polvareda, porque, ¡Madre mía de los Remedios!, años hace que no se veía tal secura, no llover en un mes, y las zarzas y las madreselvas estaban grises, consumidas del estiaje y de la calor...

Mientras nos tocábamos los velitos y comprobábamos, con ojeada de consternación, que no traíamos sombrillas, tratamos de indagar. ¿Caía muy lejos? La respuesta enigmática del terruño:

-La carrerita de un can...

Se organizaba el cortejo. Rompimos a andar por el camino hondo, barrancoso, resquebrajado. Delante, el cura y el acólito, y en tropel, el gentío, oliente a la lejía de las camisas limpias domingueras y al sudor de los cuerpos. El día era de los de sol velado y picón, sol mosquero, más cansino que el descubierto, si no tan riguroso. Jadeábamos un poco, pero nos sostenía la necesidad de no desmerecer ante los aldeanos, y sus exclamaciones apiadadas eran estímulos para nuestro valor. ¡Ahora se verían las señoras, las regalonas! Apretábamos el paso. Una serie de portillos que saltar; y después, las tierras labradías, el angosto carrero, orlado de manzanillas ajadas. El carrero se prolongaba a lo lejos, en cuesta, al principio insensible; luego, más empinada. El gentío iba como hilera de hormigas, pero hormigas de chillón colorido, y la tolvanera que se alzaba era asfixiante. El sol jugaba con nosotros; a ratos descubría la cara, a ratos se metía detrás de una nube. Teníamos sed.

Nos parecía haber andado ya kilómetros.

A una revuelta del caminillo, un manchón de arboleda, un prado reseco, y detrás, un hórreo y una especie de establo. La casa de la enferma.

Las mujerucas del rueiro habían revestido la puerta con colchas de zaraza remendada, en obsequio al Señor, y allá, al fondo del establo, en un jergón, también disimulado bajo sobrecamas y sábanas con puntillas, hipaba la moribunda.

No se veía de ella sino una máscara senil, lívida, un mechón gris, una mano amarilla, desecada y nudosa. Y su biografía, exclamada entre compasivos gemires de las comadres, era la de una malpocada, sin familia, venida nadie sabía de qué tierras, acaso de la montaña, que es donde vinieron todos los desheredados de la orilla-mar; agazapada en lo que fue cuadra de bestias y ahora albergue humano, bajo un tejado a tejavana, que da paso al viento y a la lluvia; mendiga por las puertas desde veinte años, y hoy a punto de muerte, no se sabe de qué mal, de vejez, sin duda... El cura se había acercado al camastro, y, administrado el Viático, recitaba la recomendación del alma. Los aldeanos se desviaban, respetuosos, para que no perdiésemos nada del espectáculo: de los callosos pies descubiertos, pronto ungidos con los óleos; del estertor que sacudía el pecho, en que resaltaban visibles las costillas. "¡Y, alma mía, aquello era el gunizar!" Y otras viejas sollozaban, pensando en su propia hora...

El anhelar de la enferma se mitigaba: parecía haber caído en síncope. Se hacía tarde: las vacas, los cerdos, aguardaban su sustento; el pote gorgoriteaba a la lumbre, y la gente aldeana se disponía a dispersarse. Emprendimos la vuelta. Por la cuesta abajo, todos los santos nos ayudaban; íbamos ligeros. Pronto el coche rodó elásticamente sobre la carretera, en que el sol, ya descarado, hacía relucir las partículas de mica entre el polvorín que alzaban las ruedas.

Al pasar bajo las enormes acacias, una de nosotras expresó su opinión:

-Esa mujer se muere de hambre. No tiene otra cosa sino necesidad.

-¿Enviarle un frasco de somatosa? ¿Leche?

-¡Bah! ¡Pamplinas! Ahora mismo, jerez, mantecadas, chuletas fritas y jamón, que lo hay en lonchas...

Reímos. Ya conocíamos el sistema. ¿Aquel cadáver comer mantecadas? El portador del cesto, sin embargo, salió volandero hacia la bodega desmantelada donde la mísera se moría por instantes, y todos los días ya volvió a salir con su canasto bien repleto.

Y fue quince días después -ni uno más ni uno menos- cuando nos avisaron de que allí estaba la resucitada, la pordiosera, que venía a darnos las gracias. Ella misma, por su pie, derrengaba sobre un báculo de aliaga, que es madera que sustenta mucho y pesa poco, arrastrándose, pero viva, y hasta con remoce de color de teja en los carrillos y cierta alegría picaresca e ingenua en los ojuelos, cercados de pliegues y arrugas...

-¡Un milagre, santiñas, un milagre! La Virgen Nuestra Señora que me arresucitó estando yo en las ansias de la gunía. ¡Ay! ¡Un milagre de Nuestro Señor!

Era un día primoroso de julio. Había llovido en los anteriores; el prado se vestía de seda color manzana, y las últimas rosas del primer ciclo foral trascendían a gloria. Nos mirábamos, satisfechas y persuadidas del portento. El contenido de los cestos, cosa material, no bastaba para explicar la curación de la infeliz. Milagro lo había; milagro de vida y de gozo. Y las esencias del campo, y la claridad del firmamento luminoso, y la paz de la tarde, nos infundieron la alegría del milagro, de la muerte y la nada vencidas un momento, de la Segadora, que huía con su guadaña inútil...

"El Imparcial, 15 de noviembre 1909

Mi vida había sido azarosa, una serie de trabajos y privaciones, luchas y derrotas crueles. A mi alrededor, todo parecía marchitarse apenas intentaba florecer. Dos veces me casé, y siempre el malhadado sino deshizo mi hogar. En varias carreras probé mis fuerzas, y aunque no puedo decir que no carezco de aptitudes, es lo cierto que, por una reunión de circunstancias que parecía obra de algún encantador maligno, mientras veía a los necios y a los menguados triunfar, yo quedaba siempre relegado al último término, frustrados mis intentos, en ridículo mis propósitos. Se creyera que existía algún decreto de la suerte loca para que todo se me malograse, todo se me deshiciese entre las manos. Y así, por las asperezas de tantas decepciones, llegué a no interesarme en nada, a concebir, no misantropía, sino algo peor, repulsión completa a todas las casas. No existía en lo creado fin que me pareciese digno de interés, que produjese en mí una impresión de simpatía, un movimiento de gozo.

Evocar recuerdos era para mí equivalente a registrar un cementerio, deletreando en las lápidas nombres de gentes que hemos amado. Ni el pasado ni el presente, ni menos ese enigma que se llama el porvenir, lograban arrancarme de la cárcel de mi pesimismo infecundo; porque hay un pesimismo de ajenjo, que entona y vitaliza; pero el mío era un caimiento de ánimo, no una absorción; no mística a la indiana, sino desesperada y abatida. Ni deseos, ni propósitos, ni reacciones de sensibilidad. Sin embargo... Así como en las regiones polares, aún bajo el hielo, alguna saxífraga o algún liquen ha de brotar en primavera, en la desolación de mi espíritu, flotaban jirones de una ilusión. Todavía deseaba yo algo... Y este algo era una nimiedad, absolutamente sentimental, pero exaltada, creciente, nimbada por esa luz que rodea a los períodos de la vida que pertenecieron a la primera edad: la luz de nuestra aurora...

Mi deseo adquiría mayor vehemencia, porque apenas definía yo su objeto; y me hubiese sido difícil describir, ni aún inexactamente, lo mismo que ansiaba. Sabía yo que se trataba de una casa, bajo unos árboles, en una aldea, lejos, muy lejos de las ciudades que me habían zarandeado con su oleaje; pero era lo curioso que ignoraba por completo en qué parte de España se encontraba esa casa, esa aldea, esos árboles, cuyo verdor engañaba aún mi desecado espíritu. Cuando habité la casa ¡era tan niño! Pero, niño y todo, me había quedado en el paladar el sabor de la bienaventuranza, en el regazo de mi madre o abrazado al Melampo, que me lamía lealmente la faz... Desde que dejamos aquel rincón, ¿dónde estaba, cuál sería su nombre?, empezaron mis desventuras. Perdí a mi madre; mi padre me abandonó, recibí la torturante protección de mi tía, que me hizo sufrir tanto, y comenzó la forjadura de la cadena de fallidos intentos y frustrados propósitos.

No tenía a quién preguntar para orientarme respecto a la situación del lugar en que aún aleteaba para mí el ave rara del ensueño. Porque, vencido y náufrago, había resuelto retirarme a aquel rincón en que había probado el gusto a miel de la ventura, y vegetar allí, procurando no acordarme sino de los tiempos buenos, borrados casi, como pintura cuya belleza aún se adivina en medio de la destrucción.

En balde daba tormento a la memoria, forzándola a que precisase qué provincia, qué localidad era aquella donde yo comprendía que aún me restaban fuerzas para seguir viviendo. Sabía que de allí nos habíamos venido en diligencia a Madrid; que allí existían montañas, ni muy bajas ni muy ingentes, montañas vulgares; que allí se alzaba una iglesia, con su atrio; semejante a la mayor parte de las iglesias; que allí cerca pasaba un riachuelo, análogo a millares de riachuelos; que la sombreaban unas altas frondas (pero yo, en aquella edad, mal podía comprender si se trataba de castaños, álamos o pinos...). Y, a pesar de no serme posible concretar nada- ¿y quién sabe si justamente por eso mismo?-, era aquella casa, y no otra; eran aquellos árboles, y no otros, los únicos cuyas sombras apetecía; era el frescor de aquel riachuelo el único que pudiera refrigerar mi alma, y eran las bóvedas de aquella iglesia las que me devolverían, entre tantas cosas para mí perdidas, el lejano y celeste tesoro de la fe, o, al menos, de la misteriosa confianza en lo desconocido.

A veces me hacía yo razonamientos para demostrarme que tal empeño se asemejaba a manía, y era acaso la dolorosa huella del trastorno mental sordo y manso que producen las reiteradas contrariedades, las magulladuras del náufrago, batido sin cesar por la resaca contra las peñas. ¿Por qué aquel afán, que crecía con el correr del tiempo? ¿Por qué la casa poco a poco llegaba a constituir una obsesión para mí? ¿Por qué cifrar en una casa, idéntica a cien mil casas, la probabilidad de encontrar, si no la dicha, al menos un poco de paz y de sosiego? ¿No era lo mismo recogerse a la primera morada solitaria en el campo y figurarse que fuese la otra?

No debía de ser lo mismo, al menos para mí, cuando iban indisolublemente juntos mi ensueño y la idea de aquel rincón en que supe lo que era la felicidad..., la cual se compone de nada, de un estado de indiferencia, de no anhelar, de no aspirar, de olvidar que corre la hora.

Retirarme a otro sitio me hubiese sido imposible. Y parecía imposible también descubrir aquel, isla perdida en un archipiélago de islotes confusamente iguales...

La casualidad, mi eterna enemiga, por una vez aparentó servirme. El caso fue, como obra suya, inesperado. En un puesto de libros y papeles viejos, que revolvía por instinto, encontré, entre mil cartas amarillentas, una de mi padre a mi madre...

Parecióme que se abría un ataúd y salía de él ese vaho peculiar a flores secas hechas polvo... La misiva era insignificante, sin trascendencia alguna; lo interesante para mí, las señas del sobre. Decía: "En San Martín de Maceira, provincia de..." Y, como si de repente se desgarrase un velo, recordé... ¡No haber recordado antes!... Claro, San Martín de Maceira; en letras, de lumbre veía el nombre... Y aquella misma tarde hice mi hatillo y corrí a la estación...

No acierto a decir cómo iba. No hay quien refiera estas cosas, que se componen de sensaciones tenues, o tan hondas como los hondones callados de los ríos. Lo que puedo afirmar es que, por primera vez desde hacía tanto tiempo, experimenté una alegría extraña, un impulso reanimador. Empecé a fantasear la tranquila vida del sabio y del filósofo, que desdeña las contingencias de su propia suerte y las domina desde la altura de su calma. En mi retiro estaba libre de las fatalidades que, ensombreciendo mi destino, me lo convertían en tormento y argolla. Y ahora, próximo a rêver, recordaba todo, detalles de la casa, menudencias del jardín, la forma de nuestras habitaciones. ¡Qué goce ver de nuevo aquellos muebles arcaicos, aquellas consolas de patas retorcidas, aquellas mesitas de tocador de nublado espejo, donde reaparecen las caras muertas, aquella vieja cama de caoba, toda desbarnizada, deslucida por la humedad! Yo compraría la mansión, los muebles, todo, al precio que me pidiesen; y, sentado ante la puerta, miraría a los que pasasen (sin darles el aviso piadoso de que no intentasen dirigirse a parte alguna, puesto que todos los caminos van a parar al mismo paradero...)

Andaba apresurado, reconociendo las veredillas, los accidentes del terreno, las ciénagas, los valladares pedregosos. Anochecía. El segmento de la luna asomaba, bogando plácido por el cielo apacible. No me separaban del ideal sino algunos pasos. Una sorpresa empezaba a embargarme. ¡No veía los árboles, la espesura que doselaba la casa! Raso todo. Una mujer vieja, renqueante, se acercaba a mí.

-¿Han cortado los árboles, madre? -interrogué, con temblor de voz.

-Sí, hijo, cuando arrasaron la casa.

Me detuve. Se me enfriaron las sienes.

-¿Y qué hay ahora en el sitio de la casa?

-Nada. Araron, sembraron trigo.

Me oyó un sollozo... Vino, compadecida, a atenderme.

Y me eché en sus brazos, como si la conociese de toda la vida -no he vuelto a verla jamás-. Mientras duró el abrazo sentí un poco de calor de bondad humana. Por eso no me he arrojado ya desde mi balcón a la calle. Compadeced, que lo han menester los tristes.

"La Ilustración Española y Americana", núm. 12, 1911.

A los pocos días de residir en el poblachón de la montaña donde me confinaba mi carrera y la necesidad de empezar a formarme un porvenir -éramos seis hermanos, y mis padres tenían lo estricto y nada más- empezaron a hablarme de mi patrona a medias palabras reticentes.

Para combinar un arreglo económico, mi madre había escrito a aquella mujer, de quien supo por referencias, para que me cediese habitaciones y guisase mi pitanza. El precio nos pareció inverosímil, y cuando probé el trato creció mi sorpresa. Vivía yo como un príncipe por una cantidad módica hasta lo sumo. No faltaban en mi mesa frescas truchas del río, pollos tiernos, jamón excelente, embutidos sabrosos y otros regalados manjares; mi alcoba y mi despachito eran tazas de plata; a mi ropa blanca no le faltaba cinta ni botón, y Mariña, la huéspeda me hablaba en tono de respeto, que gradualmente fue matizándose con unas ráfagas de algo que parecía cariño. Al oírme ensalzar las cualidades de Mariña, su habilidad de cocinera, en la tertulia de la botica y en las tardes ociosas del Casino, menudearon las indirectas, unas en tono de chanza, otras con acentuación grave y fúnebre. Mariña..., ejem... Mariña..., jum... Mariña..., ¡vamos! Bueno, Mariña...

Supuse, al pronto, que me insinuaban algo respecto a la conducta de la patrona en el terreno amoroso; y a la verdad, como este punto me tenía perfectamente sin cuidado y me encontraba en el hospedaje cual ratón en queso, me encogí de hombros, echándome a reír. ¡Historias de mujeres y de hombres! ¡Pchs! Un comino... Sin embargo, miré con cierta curiosidad a Mariña. Frisaría en los treinta y pico, y su cara, de facciones bien perfiladas, no mostraba ese tono rojizo de las mujeres laboriosas de baja clase, sino una firme palidez, que daba realce al colorido de los labios, muy rojos. El pelo, negrísimo, abundoso, liso y fuerte, lo recogía en rodetes tras de la oreja. Los brazos, arremangados, eran de un modelado correcto. Bajo su blusa de percal, el seno conservaba proporciones juveniles. La mirada, un poco cautelosa, la velaban pestañas densas. Las cejas, sombrías, pobladas y juntas, imprimían cierta dureza a la fisonomía. Era, en suma, una mujer que, sin ser fea, no sugería ideas voluptuosas; un no sé qué en ella, alejaba la tentación. En cambio, indefinible recelo me empezó a acometer en medio del bienestar que la solicitud de Mariña me proporcionaba. Y es que un día tras otro, las vagas indicaciones hacen mayor efecto que haría la forma calumnia. Se apoderan del ánimo con fuerza superior; su lento trabajo es más seguro. Por otra parte, las insinuaciones, al reunirse, se condensaban.

-¿Qué tal los guisos de Mariña?

-Guisa bien la patrona, ¿eh?

-¡Compone muy ricas las anguilas! ¡Qué empanadas! ¿Le da empanada?

-Hay que comerlas con cuidado, que a veces hacen daño.

-Sí, esos platos fuertes...

-No se atraque mucho, por si acaso, registrador... -me aconsejaban, sardónicos.

Preocupado ya, decidí esclarecer el misterio. Cogí a Agonde, el boticario, hombre formal, de buen consejo, y le intimé mi formal voluntad de saber qué era aquello... ¡de una vez!

-Diré a usted... -murmuró el boticario, a la defensiva, sobándose reflexivamente la barba gris-. Son gaitas... La gente... ¡Cuentas claras!

El boticario escupió de soslayo, y, con calma, encendió un puro, dióme otro y, confortado y refugiado tras del humo de la primera chupada, profirió:

-Bueno, ahí va esa... Mariña fue bonita y se casó con un tío suyo, un usurero, siendo moza como de veinte años. Que el tío le dio mala vida, hasta los gatos lo saben; la hacía levantar a las altas horas para guisarle caprichos, carne así y huevos del otro modo; le tiraba a la cara la tartera si no estaba a su antojo el guiso, y un día, por ese pelo tan largo que tiene aún, la amarró a la columna de la chimenea, en la cocina, y también tiene la lengua demasiado larguita.

-Al contrario; yo me quejo de la lengua corta... Cuando se suelta un cabito, desembuchar ya de una vez.

-Bien dice usted -observó, astutamente, Agonde-. Sólo que, para desembuchar, es necesario saber las cosas a punto cierto, y ahí está el quid, registrador... Hablar no es probar, ¿eh? Hablan, por que tienen boca.

-Agonde -insistí-, estamos solos, y le doy mi palabra de caballero de que me callo. No le pido tampoco su opinión, pido nada más que saber a qué, mentira o verdad, aluden cuando me echan esas indirectas transparentes. Ea..., salga a relucir lo que demonios fuere: fue milagro que no se le pegase fuego a las ropas y no quedase ánima del purgatorio. Y así, nueve o diez años... De este modo salió tan buena guisandera, ¿eh?

-No es milagro... ¡Hay que empezar por contar lo del marido antes de llegar a lo de ella...!

-Vamos, que tomaría un querido...

-¡Ca! No, señor. En ese particular, de Mariña no hubo que decir ni tanto... ¿Un querido? Más valiera... ¡Dios me perdone! -y Agonde rió, envuelto en el humo, que le prestaba atrevimiento y picardía.

-Entonces...

-Entonces... El cuento que corre es que, habiendo pescado el Miñoca, ¿no sabe?, ese viejo que saca del río las truchas a docenas, una anguila magnífica, gorda como mi brazo, se la trajo al marido de Mariña, que ordenó una empanada. La mujer se esmeró, y la empanada estaba tan rica, tan rica, que mi hombre se excedió tal vez... Ello fue que aquella misma noche, ¡pum!, al otro barrio.

Un frío sutil me serpeó por las venas...

La tragedia se me presentaba completa, lógica, como escrita por la mano profundamente artística de la Fatalidad. No me quedó ni sombra ni duda... ¿Quién podrá explicar por qué, al mismo tiempo, se me impuso la idea, el propósito firme, de tomar la defensa de la envenenadora y rehabilitarla si pudiese? Son fenómenos o aberraciones de la sensibilidad, anomalías del alma.

-¡Vamos! -exclamé, en voz alta, velándome también con el humo para disimular la expresión involuntaria de mis ojos-. ¿Y no hay más que eso? ¿Se hicieron averiguaciones serias? ¿Qué opinaron los médicos? ¿Medió la justicia? ¿No? -Agonde, tras la cortina de humareda, hacía con la cabeza signos negativos-. Pues entonces permítame que le diga que todo ello se reduce a chismes lugareños, a murmuraciones... El marido era viejo, ¿a qué sí? Tragaba como un bárbaro... ¿a qué sí? Y sobrevino la congestión... ¿a que sí? -Los signos negativos se habían convertido en afirmativos-.

Y si no, Agonde, a ver: usted era entonces el único farmacéutico aquí, como ahora... Usted bien sabrá que no le despachó a esa mujer droga ninguna...

Apenas lo lancé me arrepentí; tal fue, y lo vi al través del humo, la descomposición de las facciones del boticario. Comprendí que había puesto el dedo en viva llaga, y que la inquietud de haber vendido, inadvertidamente, sabe Dios qué pócima, le atenaceaba mil veces, en horas insomnes. Y exclamó, con voz alterada, tartamudo:

-¿Qué había de despachar? ¿Qué había de despachar? Pues no anda uno con poco cuidado...

Callamos breves momentos, y luego añadí, decisivo:

-Estamos usted y yo en el deber de atajar esos chismes...

Y el humo se mezcló, formando nube de misterio. Con dos o tres desplantes, nadie volvió a susurrarnos cosa alguna, aunque era fijo que continuaban pensando... Y yo pensaba también, y perdía el apetito no obstante los piperetes con que Mariña me regalaba, desvivida por cuidarme...

Solicité permuta, la obtuve, y me fui, no sin cierta pena. Los ojos de Mariña, al través de su denso pestañaje, perdida la cautela, parecían preguntar la causa de mi partida y en qué había podido desagradarme, ella que, noche y día, sólo se ocupaba en discurrirme platos gustosos, y en mullir mi limpia cama... Nunca he vuelto a encontrar patrona como Mariña.

"La noche", 6 diciembre 1911.

Residía yo entonces en mi pueblo natal, puerto de mar donde incesantemente hay salidas de vapores para América, y hacía la vida huraña del que acaba de sufrir grandes penas, y no teniendo quehaceres que le distraigan de sus pensamientos tristes, siente germinar un tedio que parece incurable. En pocos meses había perdido a mi madre y a mi hermano menor a quien quería con ternura, y dueño de mis acciones y solo en el mundo, me había encerrado en mi casa, saliendo rara vez a la calle. De las mujeres huía, y sinceramente pensaba que los golpes sufridos infundían en mi corazón insensibilidad completa.

Paseando una tarde mis melancolías por el muelle, oí una voz conocida, no escuchada desde hacía muchos años, que pronunciaba mi nombre, y unos brazos se enlazaron a mi cuello.

-¡Medardo! ¿Tú por aquí?

-¡Jacobito! ¡Otro abrazo!

El que me estrechaba era un hombre todavía joven, grueso, de alegre faz, vestido de viaje y con ese aire resuelto y animado de las personas emprendedoras que ejercitan sus fuerzas en la concurrencia vital. Aquel sujeto, Medardo Solana, había sido mi íntimo amigo en Madrid, cuando yo estudiaba los últimos años de carrera, y con él no existían dificultades, pues poseía el don de arreglarlo todo, de sacar rizos donde faltaba pelo y de bandeárselas siempre mejor que nadie, por lo cual yo solía acudir a él en mis apuros estudiantiles. Al volver a verle le encontraba poco variado, siempre con su cara de pascuas, su tipo de aventurero jovial.

En dos palabras me explicó que venía para embarcarse al día siguiente, rumbo a Buenos Aires, donde había arrendado un teatro.

-Pero te encuentro tristón, desmejorado, Jacobito -murmuró, afectuosamente-. ¿Qué te ha sucedido a ti?...

Nos sentamos en un café de los muchos que existen en los muelles. Solana pidió coñac, y le conté mis cuitas: la muerte de mi madre, la meningitis que se llevó a mi hermano, mi soledad, el estado de mi espíritu...

-¿Por qué no haces una humorada? ¿Por qué no te vienes conmigo a Buenos Aires? ¡Así, sin más ni más!

-¡Este Medardo! -respondí-. Te envidio, y no creas que es de ahora: envidio tu genio, tu buen humor. Mira, además de que aún tengo aquí asuntos que arreglar, de esos que quedan pendientes como una pena más al faltar las personas queridas, créeme que estoy tan abatido, tan descorazonado, tan escaso de fuerzas, que no me atrae plan ni idea ninguna. Me es imposible interesarme por nada. Los días corren monótonos, llenos de fastidio, sin incidentes, y yo me voy habituando a esta calma dormilona. ¡No me propongas cambios! Me parece que me convendrían, sí; pero carezco de ánimos para hacer la prueba.

Él me miraba, compadecido, sin duda, y arrugaba la frente como le había yo visto hacer al reflexionar, y después de un sorbito de coñac, exclamó:

-Si es así, ¿qué le haremos? Sentirlo, y no más... En cambio, Jacobito, tú puedes hacerme a mí un favor muy grande. ¿Vas a negármelo?

-¡No! ¡Será un placer! ¿De qué se trata?

-Ya te he dicho que me llevo a Buenos Aires un espectáculo, que soy empresario... ¡Qué quieres! Los que no tenemos patrimonio nos hemos de ingeniar, a ver si juntamos un poco de dinero. Has de saber que en mi troupe va una joven encantadora, la señorita Aglae, que me sigue porque está enamorada de mí. ¿No lo crees? Pues es muy cierto. Te advierto que yo, aunque la adoro, he respetado su pudor, y hasta el día en que nuestra unión sea bendecida por la Iglesia y la ley, pienso seguir respetándolo. A bordo, o en la Argentina, nos casaremos... Pero como es una hija de familia, y sus padres son gentes muy distinguidas y poderosas, y acaso sospechan con quién está Aglae, y acaso en el último instante nos prendan, hasta verme en alta mar no estoy tranquilo, y tengo el mayor interés en ocultar a Aglae en un sitio donde no puedan dar con ella. ¿Comprendes?

Yo, al pronto, no comprendía, y Medardo añadió:

-¡Tu casa! Allí nadie la va a buscar. El barco llega al amanecer, y sale dos horas después. En el último momento, si no hay moros en la costa, nos embarcaremos, ¡y ya me tienes feliz! Aglae es un prodigio de hermosura y un ángel de pureza...

Accedí, sin fijarme en ciertas inverosimilitudes de la relación, y convinimos en que yo preparase habitación para Aglae, y, ya cerrada la noche, el mismo Medardo la conduciría a mi casa, que está en una calle solitaria de la ciudad antigua, encargándome de alejar a los criados cuando entrase la pareja. Sin tardanza me retiré a arreglarlo todo.

Agitado, a pesar mío, por la novedad de la situación, dispuse para Aglae el departamento que mi madre había ocupado, y que adorné con la mayor coquetería, llenándolo de flores y de objetos de tocador, de plata. Saqué mis sábanas mejores, con encajes, y la colcha de Manila celeste y bordada de blanco. Fui a buscar dulces, emparedados, una botellita de Málaga, y todo lo coloqué sobre un velador, en el gabinete que precedía a la alcoba. Mientras hacía estos preparativos, mi corazón latía, como si aquella mujer desconocida, y que debía serme indiferente, significase algo para mí.

A boca de noche vino Medardo, y contempló con satisfacción el elegante hospedaje que yo destinaba a su novia.

-Mira, aún tengo que pedirte otro favor más... Llegaremos a eso de las once, porque ella cena con las demás artistas, y como me ha dicho que le da, vamos, cierta fatiga el que tú la veas, yo la traigo a su habitación, y mañana la recojo a la hora del embarque. ¿No te parece mal?

-¡No, por cierto! Lo que os sea más grato a ella y a ti...

Entregué la llave de mi puerta a Medardo y me encerré discretamente, después de ordenar a los criados que se acostasen en el piso de arriba. A cosa de las once, como la habitación de mi madre estuviese contigua a la mía, sentí que alguien entraba, y creí percibir un cuchicheo. Poco después, Medardo volvió a salir, y quedé solo en la casa con la señorita Aglae. Desde el primer momento comprendí que no me sería posible conciliar el sueño un minuto. Mis nervios estaban tirantes; mi imaginación, desatada y loca.

¡Qué diferencia entre mi estado moral y el de los días anteriores! Me parecía despertar de una modorra estúpida, y, sin saber lo que hacía, maquinalmente me acerqué a la puerta del cuarto donde la señorita Aglae reposaba... Mi asombro fue inmenso al encontrarla abierta.

Eché una mirada al interior de la cámara... Reinaba en ella semioscuridad. Sólo la luz velada de la alcoba dejaba pasar entre las cortinas tenue reflejo.

El silencio era tal, que supuse dormía a pierna suelta la señorita Aglae.

Titubeaba, dudoso, entre retirarme o avanzar unos pasos; porque, al fin, es prometerse mucho de la naturaleza humana no concederle ni el derecho a la curiosidad. Ardía en deseos de saber cómo era la enamorada de mi amigo. En eso, ¿qué mal había? Verla un instante y retirarme en punta de pies... Aunque una voz interior me argüía que no era delicado ni respetuoso, la tentación se hizo tan fuerte que, reprimiendo el aliento y andando como deben de andar los ladrones, avancé, y miré ávidamente al través de las cortinas de la alcoba, entreabiertas...

Echada de lado, vuelto el rostro hacia mí, yacía la señorita, cuya vista me deslumbró.

Contemplaba a una belleza perfecta, singularísima, aumentada por el tendido cabello, color de mies madura, que se esparcía en ondas abundantes sobre sus hombros de nácar. La mano y el brazo me asombraron por su delicadeza. Los encajes de la camisa velaban castamente el escote, y una suave respiración subía y bajaba esos encajes. La actitud era tan púdica, tan hechicera, que caí de rodillas ante la cama, pensando, aterrado y extático: "¡Yo adoro a esta mujer!".

No sé cuánto tiempo permanecí así, embelesado en mirar a la señorita Aglae, repitiendo para mis adentros que la adoraba y formando desatinados planes, a fin de unir su destino al mío... Seguir a la compañía hasta el fin del mundo; raptar a viva fuerza o como fuese a aquella criatura divina y llevármela a mi casa de campo hasta que lograse su amor; matar a Medardo; en fin, cuantos absurdos pueden cruzar por la mente a las tres de la madrugada y a la cabecera de una beldad sobrehumana que nos ha enloquecido sólo con su vista..., todo se me ocurrió y todo lo deseché... Lo poco que me restaba de razón me consejaba huir de allí; pero no quise hacerlo sin imprimir un beso en la mano celestial que se ofrecía a mi boca. En todo el largo tiempo que yo llevaba allí ni una vez se había vuelto la señorita Aglae; no había hecho un movimiento... Su sueño tenía que ser profundísimo. No sentiría mi atrevida acción... Me incorporé a medias y apoyé los labios en la deliciosa manita...

Una sensación singular me arrancó un grito...

Cinco minutos después estaba completamente seguro de haber hecho el papel más ridículo del mundo y de que la señorita Aglae era buenamente ¡una figura de cera de las que, mediante un mecanismo, simulan la respiración!...

Y Medardo me dijo al día siguiente, en el puente del buque:

-Siento que no hayas podido admirar todo mi museo: hay en él cosas notables. Supongo que me perdonas... No sé si te dejo amoscado conmigo; pero se me figura que te he curado... Lo que tú padecías era histérico del corazón... Ya lo sabes: ¡el amor es el remedio!

"La Ilustración Española y Americana", núm. 1, 1913.

Cipriana se había quedado huérfana desde aquella vulgar desgracia que nadie olvida en el puerto de Areal: una lancha que zozobra, cinco infelices ahogados en menos que se cuenta... Aunque la gente de mar no tenga asegurada la vida, ni se alabe de morir siempre en su cama, una cosa es eso y otra que menudeen lances así. La racha dejó sin padres a más de una docena de chiquillos; pero el caso es que Cipriana tampoco tenía madre. Se encontró a los doce años sola en el mundo..., en el reducido y pobre mundo del puerto.

Era temprano para ganarse el pan en la próxima villa de Marineda; tarde para que nadie la recogiese. ¡Doce años! Ya podía trabajar la mocosa... Y trabajó, en efecto. Nadie tuvo que mandárselo. Cuando su padre vivía, la labor de Cipriana estaba reducida a encender el fuego, arrimar el pote a la lumbre, lavar y retorcer la ropa, ayudar a tender las redes, coser los desgarrones de la camisa del pescador. Sus manecitas flacas alcanzaban para cumplir la tarea, con diligencia y precoz esmero, propio de mujer de su casa. Ahora, que no había casa, faltando el que traía a ella la comida y el dinero para pagar la renta, Cirpriana se dedicó a servir. Por una taza de caldo, por un puñado de paja de maíz que sirviese de lecho, por unas tejas y, sobre todo, por un poco de calor de compañía, la chiquilla cuidaba de la lumbre ajena, lindaba las vacas ajenas, tenía en el Colo toda la tarde un mamón ajeno, cantándole y divirtiéndole, para que esperase sin impaciencia el regreso de la madre.

Cuando Cipriana disponía de un par de horas, se iba a la playa. Mojando con delicia sus curtidos pies en las pozas que deja al retirarse la marea, recogía mariscada, cangrejos, mejillones, lapas, nurichas, almejones, y vendía su recolección por una o dos perrillas a las pescantinas que iban a Marineda. En un andrajo envolvía su tesoro y lo llevaba siempre en el seno. Aquello era para mercar un pañuelo de la cabeza... ¿qué se habían ustedes figurado? ¿Qué no tenía Cipriana sus miajas de coquetería?

Sí, señor. Sus doce años se acercaban a trece, y en las pozas, en aquella agua tan límpida y tan clara, que espejeaba al sol, Cirpiana se había visto cubierta la cabeza con un trapo sucio... El pañuelo es la gala de las mocitas en la aldea, su lujo, su victoria. Lucir un pañuelo majo, de colorines, el día de la fiesta; un pañuelo de seda azul y naranja... ¿Qué no haría la chicuela por conseguirlo? Su padre se lo tenía prometido para el primer lance bueno; ¡y quién sabe si el ansia de regalar a la hija aquel pedazo de seda charro y vistoso había impulsado al marinero a echarse a la mar en ocasión de peligro!

Sólo que, para mercar un pañuelo así, se necesita juntar mucha perrilla. Las más veces rehusaban las pescantinas la cosecha de Cipriana. ¡Valiente cosa! ¿quién cargaba con tales porquerías? Si a lo menos fuesen unos percebitos bien gordos y recochos, ahora que se acercaba la Cuaresma y los señores de Marineda pedían marisco a todo tronar. Y señalando a un escollo que solía cubrir el oleaje, decían a Cipriana:

-Si apañas allí una buena cesta, te damos dos reales.

¡Dos reales! Un tesoro. Lo peor es que para ganarlo era menester andar listo. Aquel escollo rara vez y por tiempo muy breve se veía descubierto. Los enormes percebes que se arracimaban en sus negros flancos disfrutaban de gran seguridad. En las mareas más bajas, sin embargo, se podía llegar hasta él. Cipriana se armó de resolución; espió el momento; se arremangó la saya en un rollo a la cintura, y provista de cuchillo y un poje o cesto ligeramente convexo, echóse a patullar. ¿Qué podría ser? ¿Qué subiese la marea de prisa? Ella correría más... y se pondría en salvo en la playa. Y descalza, trepando por las desigualdades del escollo, empezó, ayudándose con el cuchillo, a desprender piñas de percebes. ¡Qué hermosura! Eran como dedos rollizos. Se ensangrentaba Cipriana las manitas, pero no hacía caso. El poje se colmaba de piñas negras, rematadas por centenares de lívidas uñas...

Entre tanto subía la marea. Cuando venía la ola, casi no quedaba descubierto más que el pico del escollo. Cipriana sentía en las piernas el frío glacial del agua. Pero seguía desprendiendo percebes: era preciso llenar el cesto a tope, ganarse los dos reales y el pañuelo de colorines. Una ola furiosa la tumbó, echándola de cara contra la peña. Se incorporó medio risueña, medio asustada... ¡Caramba, qué marea tan fuerte! Otra ola azotadora la volcó de costado, y la tercera, la ola grande, una montaña líquida, la sorbió, la arrastró como a una paja, sin defensa, entre un grito supremo. Hasta tres días después no salió a la playa el cuerpo de la huérfana.

"Pluma y Lápiz", núm. 30, 1901.

Leía tranquilamente bajo un árbol, a la hora en que el calor empieza a ceder, cuando uno de los trabajadores que deshacían la muralla de la cerca para reconstruirla más lejos, acudió agitado, con ese aire de misterio que toman los inferiores al dar una mala noticia o causar una alarma a los superiores.

-Venga, señorito... Hemos encontrado una cosa...

-¿Una cosa? -repitió Lucio Novoa, alzando la cabeza-. ¿Qué?

-Ya verá...

Levántose y echó a andar hacia el sitio en que arrancaban las piedras. El otro jornalero, con la cara seria, esperaba, apoyado en su azadón. Y Lucio vio entre la tierra algo blanquecino.

-Parecen huesos... -murmuró el primer cavador.

-Huesos de persona -confirmó el segundo.

Inclinándose Lucio, se cercioró de que, en efecto, lo que allí aparecía eran restos humanos.

Mandó apresuradamente:

-Sigan cavando... ¡A ver, a ver!...

Apretaron las azadas, y el esqueleto apareció, ya ennegrecido por la humedad, medio disuelto. Fragmentos de tela de las ropas se deshacían en ceniza oscura al salir a la luz, y era imposible reconocer ni su forma ni la clase de tejido. Lucio miraba más impresionado de lo que parecía. Los cavadores fueron recogiendo algunos objetos envueltos en tierra y difíciles al pronto de clasificar: monedas, una llave, un par de pistolas...

-¿Qué se hace con esto? -preguntaron, indecisos, los jornaleros, en cuyo rostro se leía una especie de miedo y reprobación ante el misterio de aquel crimen que la azada acababa de revelarles.

-Traigan la carretilla -ordenó Lucio-. Pongan en ella los huesos... Déjenlos luego en la sala de la capilla, con mucho cuidado de que no falte ninguno... -y, completando su pensamiento, advirtió:

-Pónganlos sobre la alfombra...

Así que los trabajadores se retiraron a esparcir por toda la aldea la nueva terrorífica del descubrimiento, Lucio se dirigió a la sala, no sin haber tomado antes una sábana fina. En ella envolvió con sumo cuidado los despojos y los puso sobre una mesa, pensando: "El Juzgado vendrá probablemente. Es preciso que pueda ver estos restos, y cerciorarse de que no me alcanza responsabilidad alguna..."

La tarde caía. La sala de la capilla, llamada así porque desde su recinto se pasaba a la sacristía y a la capilla antigua del pazo, iba impregnándose de la gris melancolía del crepúsculo, y los retratos de los abuelos, colgados de la pared, se borraban, para confundirse en una mancha sola. Lucio no pudo menos de pensar: "Alguno de estos ha debido ser el asesino del hombre cuyo esqueleto acabamos de recoger".

Un trabajo mental, ahincado, se produjo en el cerebro del descendiente para averiguar cuál de aquéllos pudiera haber ejecutado la terrible venganza.

De pronto se dio un golpe en la frente.

-¡Tonto de mí! ¡Pues si es la cosa más fácil de saber de fijo! El cuerpo no estaba enterrado al pie de la muralla, sino muy hondo bajo los cimientos de la muralla misma... Es decir, que al tiempo en que la muralla se construyó, ya se encontraba allí el cuerpo...

Examinó los objetos encontrados, y al limpiar con el pañuelo las monedas, arrancó una vislumbre dorada entre la negrura de la pátina terrosa.

-¡Las monedas son de oro!

Subió a su cuarto de tocador y las fregó fuertemente con jabón y agua. De oro eran, en efecto, y de Fernando VII: doblillas, centenes, medias onzas; unas ocho o nueve en todo.

¡Se trataba de un caballero, de una persona de posición!

Confirmó la hipótesis el examen de las pistolas. La madera, podrida, se deshacía; pero los metales eran bronces, y los adornos, de plata cincelada. No cabía duda: la tragedia ocurrió entre gente de clase, y todo autorizaba a suponer una historia de amor, celos, venganza sombría. ¿Cómo habrían podido ocultarla a los ojos curiosos y maliciosos de los aldeanos?

Lucio pasó al archivo y se entregó con avidez al examen de viejos papelotes. Quería averiguar en qué época y bajo qué poseedor del pazo se había construido aquel muro.

Excitado, calenturiento, pasó casi toda la noche en esta labor. Blanqueaba la luz del alba y se despertaban los pajaritos, haciendo su trinada música, cuando, rendido de la vela, se dejó caer en un sofá antiguo, de esos enormes, de crin, y mientras reposaba un poco, con los ojos cerrados, recogió mentalmente el resultado de su indagatoria.

-El muro -calculó-, según las cuentas que existen, fue construido en tiempo de mis bisabuelos paternos doña Dolores Andrade y don Andrés Avelino Novoa, a principios del siglo pasado. Doña Dolores tenía entonces treinta y dos o treinta y tres años...: la edad de las pasiones. De mi bisabuelo he oído decir a mi padre, que lo había oído al suyo, que era un señor bastante vicioso y que medio arruinó la casa. En su tiempo se vendieron muchos foros y fincas libres... A no ser por él, los Novoa seríamos muchos más ricos. Bien; discurramos un poco para interpretar este suceso aterrador. Doña Dolores tendría, por estos pazos vecinos, algún primo, algún amigo de la niñez, que poco a poco fue convirtiéndose en algo más dulce. A los coloquios bajo los castañares y los robles de la fraga seguirían entrevistas tiernas; y la esposa, que ya no amaba a su marido, y que tal vez hasta le detestase por su mala conducta, acabó por ceder a un sentimiento que la arrastró a recibir aquí a su amante. Seguramente salió doña Dolores a deshora, pisando la hierba, impregnada de rocío, palpitante de emoción, a reunirse con su amigo, o más bien, abriría la ventana y por ella saltaría el atrevido galán, en ausencia del esposo. Un día, ¿quién lo duda? fueron sorprendidos... Hubo lucha, funcionaron acaso las pistolas, cuyos restos he examinado; pero el ladrón de honra sucumbió, y, quizá en un momento espantoso, fue obligada la misma Doña Dolores a ayudar al marido ofendido a arrastrar el cuerpo hasta la fosa, abierta en un paraje retirado, y sobre la cual, para mayor precaución, se edificó después la tapia de la cerca...

Lucio se representaba la vida de la mísera doña Dolores, bajo la impresión terrible de aquel secreto, perdido el amor, perdida la estimación en el hogar, y viniendo, siempre que el marido cruel se ausentaba, a visitar la para siempre ignorada, sepultura del desventurado que murió por amar... La imaginación de Lucio, joven y un poco romántico, a lo cual inclinan la soledad y la sugestión de los pazos seculares, tejía alrededor de la bisabuela una leyenda semejante a la de Macías el trovador, convirtiendo a la dama en Elvira, enferma de añoranzas de la felicidad perdida y del horrible destino del ser querido, hasta más allá de la tumba...

De pronto recordó Lucio que quedaba una miniatura, con marco de oro, representando a doña Dolores. Corrió a buscarla, y la miró con inmenso interés, casi con piedad amorosa. Representaba doña Dolores unos veinticinco años; era gruesa, mórbida, pero de negro y duro ceño y facciones acusadas, enérgicas. Quedó pensativo el bisnieto. No realizaba la señora el tipo de la soñadora apasionada, sino el de la mujer resuelta, de recio carácter, ante cuya voluntad todo se doblega. De la pared colgaba el retrato al óleo, de mala mano de don Andrés Avelino, el esposo. Un hombre rubio, de tipo sensual, labios gruesos, ojos halagüeños, bonita cabeza, rizada...

"De estos retratos nada saco en limpio... -pensó, algo desconcertado, el descendiente-. Don Andrés no tiene trazas de un esposo vengador de su honra, y ella no se parece a una enamorada de novela... En fin, ¡la cara engaña! Y no cabe encontrar otra explicación al fúnebre hallazgo de esos huesos..."

Recordó que, cansado ya de su papeleo, se había dejado un legajo por registrar. Abrió la puerta de hierro del archivo de familia, y acertó con el legajo, amarillo ya por el tiempo, y que olía a humedad rancia. Sentóse ante la mesa y empezó a destripar el legajo, bastante voluminoso.

Era justamente del tiempo de doña Dolores. Lo primero que en él figuraba, la autorización judicial para que la señora administrase todos los bienes de la casa, por ignorarse el paradero de don Andrés Avelino, ausente desde hacía cinco años, sin que hubiese dado noticia alguna de su suerte a su mujer e hijos.

-¿A ver, a ver? -dijo, casi con voz alta, Lucio-. ¿Ausente, sin dar noticias? Y el muro, ¿en qué fecha exacta se construyó?

También pudo hallar en el legajo este dato decisivo. La desaparición de don Andrés la fijaba la providencia judicial hacia enero de 1815, y la construcción de la tapia se comenzó en abril del mismo año.

-¡Hola, hola, hola! -repetía, aturdido, el descendiente.

Veía ahora, claro como la luz, el crimen más espantoso de lo que había imaginado. El consorte, dilapidador e infiel, asesinado por la esposa cuando se disponía a algún viaje en pos de sus antojos, y teniendo sus pistolas ceñidas; el enterramiento, sabe Dios con qué complicidades; el muro, construido para resguardar eternamente la fosa, y que nunca pudiese el azar descubrir el negro atentado, y doña Dolores, disfrutando libremente de aquella fortuna, salvada, por su crimen, para su descendencia...

"La verdad -pensó Lucio, asombrado de la realidad que salía del legajo amarillo- que, si no es doña Dolores, yo sería casi pobre o pobre del todo, y no poseería ni este solariego caserón de mis antepasados... Daré sepultura cristiana al esqueleto, haré un funeral en sufragio...; pero nadie sabrá nunca, por mí, la verdad del drama..."

"La Ilustración Española y Americana", núm. 5, 1913

Llevaba Berte en la casa más de un año de servicio y aún no había visto un momento la sonrisa de sus amos. Había tenido la desgracia de entrar sucediendo a un golfo descarado, un ladronzuelo, que en pocos días hizo más estragos que un vendabal, y dieron por seguro que el nuevo botones sería, como el antiguo, un pillo de siete suelas. Así, desde el primer momento, la sospecha le envolvía como negra nube; todos se creían con derecho a vigilarle y a observar sus menores actos: si el gato se llevaba un filete, a Pancho le atribuían el desmán, y las travesuras de Federico, Riquín, el hijo de la casa, se las colgaban al servidorcillo con tanta más facilidad cuanto que éste se las dejaba colgar mansamente. ¿Qué no hubiese hecho él por favorecer a Riquín? El pescuezo que le cortasen.

Y es que Riquín, dos años menor que el botones, era el único ser que le mostraba amistad. A escondidas de sus padres, que reprobaban tales familiaridades, galopineaba con él, le daba golosinas y le tiraba de las orejas. Esto último lo hacía porque lo había visto hacer a su padre; pero eran muy distintos los tirones del señor de los de Riquín. Aquellos dolían; estos tenían miel. Berte se hubiese arrodillado para suplicar a Riquín que le estirase las orejas un poco.

Los dos chicos se juntaban para charlar, y Berte contaba cosas de la aldea. A Riquín, las cosas de la aldea le gustaban mucho. Sentía que su padre, en verano le enchiquerase en San Sebastián, en vez de llevarle buenamente a las Pereiras, su hermosa finca galiciana. De allí, de las Pereiras, era Pancho: allí trabajaba un lugar su familia. ¡Lo que se divertían en las Pereiras! Había un río, y en él se pescaban truchas, cangrejos de agua dulce, y en las represas, anguilas gordas; había prados, y en ellos, vacas rojas, ternerillos, yeguas peludas y salvajes, mariposas coloreadas, y, a miles, manzanos, perales, viñas, mimbrales; fresas rojas diminutas, llamadas amores, en el bosque, y nidos de oropéndolas, y tantos tesoros, que ambos niños no acababan de contarlos nunca.

-Un día -declaró, gravemente, Riquín-, yo y tú nos escapamos y nos vamos, corre, corre, a las Pereiras.

-¿Y el dinero para el tren? -objetó Berte, no desmintiendo la previsión económica de su raza.

-Nos lo da papá, tonto.

-No querrá, señorito...

-Se lo cogeremos de la mesa de noche.

-¡Madre del Corpiño! ¡Nos valga Dios! Al señorito bueno, no le pegarían; pero a mí me acababan a palos. Discurrid otra cosa, Don Riquín.

Discurrían, discurrían... Y aplazaban el discurso definitivo para allá, cuando fuese el tiempo de las frutas, el tiempo gustoso de la aldea. Berte, diplomático, engañaba así la impaciencia de su amigo. En su cautela, de oprimido que se defiende, comprendía que todo el viaje a las Pereiras era un sueño. Y como sueño lo cultivaba, como sueño se recreaba en él. Cerrando los ojos, veía los castañares, la honda corriente del Ameige reflejando allá en su fondo la luna, la pradería de verde felpa, la yegua brava en que montaba en pelo, sin siquiera un ramal. Veía las caras amadas, aunque regañonas: la madre brusca, el padre descargándole con el zueco un sosquín, los hermanillos de rotos calzones y camisilla de estopa, la abuela impedida, siempre meneando la cabeza como un péndulo. Y todo esto le bullía en el corazón, le cosquilleaba en el alma, con un cosquilleo de ternura infinita. Pensaba que mejor fuera no haber salido de allí. Pero le dijeron: "Anda a ganarlo".

¡Ganarlo! Ni un céntimo de salario le habían dado, por ahora. "Cuando sepas." Berte creía saber. Hasta por momentos suponía que nadie entre la servidumbre sabía tanto... Porque no existía labor que no le encomendaran. Sin obligación fija, hacía la general. La doncella le endosaba sacudido y cepillado de vestidos; a la cocinera no había cosa en que no tuviese que "echarle una mano"; el ayuda de cámara le encajaba el lustrado de botas; el criado de comedor le pasaba el sidol para la plata... Y, al mismo tiempo, la hostilidad contra el chiquillo era constante. Al acostarse, Berte lloraba resignado, pero muy triste. Riquín le llevaba dulces, piedras de azúcar, alcachofas finas de pan, que sustraía del canastillo.

-No coja nada para mí, señorito, por Dios -rogaba el botones-. Mire que voy a llevar la culpa.

-¡Será lila! Figúrate que esto me lo hubiese comido yo, ¿eh? ¡Pues era muy dueño, me parece, digo! Y si se me antoja regalarlos, ¿quién me lo impide? Al primero que chiste le doy una morrada.

Era preciso atenerse a estas razones de pie de banco; pero el chico temblaba de miedo. Como le sucede a los desdichados, le asustaba más una pequeña caricia de la suerte que los diarios golpecillos. Creía, con ellos, evitar el definitivo, la expulsión, amenaza constante suspendida sobre su cabeza. Le echarían, y si le echaban por acusación de robo, ¿dónde le recibirían, vamos a ver? Y tocante a volver a las Pereiras, ¿con qué pagaba el billete? Se veía por las calles de Madrid, durmiendo en un banco, bajo la nieve; tendiendo la palma a problemática limosna... Pero, en especial, se veía separado definitivamente del señorito Riquín... Y esto era lo que le apretaba el corazón de terror. ¡Todo antes que eso!

Acaeció que aquellos días, los de Navidad, hubo gran consumo de golosinas en la casa. Riquín llevó a su amigo peladillas, mandarinas, hasta una loncha de trufado. Por cierto, que habiendo desaparecido sin explicación plausible una caja de turrón de yema, el mozo de comedor dejó caer implícitas acusaciones a Berte: ¿quién sino un chiquillo es capaz de sustraer una caja de turrón? Pero el ama de casa, esta vez, se puso de parte del chico. Que no se disculpase el del comedor, que cada cual tiene su obligación, y de los postres él era el responsable.

Y ante esta actitud apareció la caja en no sé qué rincón de la alacena. ¡Ojo! ¡Cuando la señora decía!

La noche de Reyes, Riquín tardó en dormirse, porque esperaba los aguinaldos ansioso.

-Eres talludo ya para juguetes -le había dicho su papá-. Los Reyes se olvidarán de ti, y harán bien.

-Les disparo un tiro -contestó, resueltamente, con su viva acometividad, el pequeño.

Y esperaba, acurrucado, no a los Reyes -¡vaya una tontería!, ¡ya no le daban a él ese camelo!-, sino a su mamá, que, de puntillas y a tientas, le dejaría sobre la cama chucherías preciosas... A eso de las doce -no habían dado aún- sintió, en efecto, Riquín como una catarata... Cajas, envoltorios... Dio luz... Quedó deslumbrado. Automóviles, aviones, cañones, soldados, caballos, molinos, cabras ordeñables, un teatro guignol... ¡El demontre! Nunca los Reyes habían sido tan espléndidos.

Algunos instantes se embriagó del goce primero de la posesión... Y de pronto le asaltó una idea. Berte había dicho aquella tarde: "Los Reyes no hacen caso de los pobres, señorito. Aunque los Reyes fuesen verdad, para mí no traerían."

Se levantó, cogió en brazo lo más que pudo, y por pasillos solitarios, débilmente alumbrados, subiendo escaleras angostas, buscó el zaquizamí en que su amigo dormía. Empujó suavemente la puerta y soltó su provisión de juguetes de rico, de niño mimado. Y como Pancho no se despertase, volvió furtivamente a su alcoba.

Por la mañana, en la casa, ¡un revuelo! ¡Los juguetes bonitos de Riquín en poder del botones! Sí; la doncella lo había visto; el ayuda de cámara y, especialmente el de comedor, lo denunciaron... Y Berte fue traído a presencia de los señores, llorando y renqueando, porque el del comedor le había atizado una puntera. Llamaron a Riquín para el careo inevitable.

Los nueve años de Riquín maduraron de pronto en virilidad, bajo una emoción de indignada cólera. Se encaró con sus papás. Rojo de furia, gritó:

-Dejadle en paz, ¡ea! ¡Se acabó! ¡Esos juguetes se los han regalado los Reyes!

-¡Valiente paparrucha! -protestó el padre.

-¿Y por qué paparrucha, caramba?

¿No decís que los Reyes me han regalado otro a mí? Si los Reyes son personas de bien, deben regalar primero a los pobrecitos como éste, que no tienen nada. Y de seguro que lo hacen. Y esta vez lo han hecho. Berte, recoge tus regalos. Los Reyes han cumplido. ¡Vivan los Reyes!

Y mientras estampaba en la mejilla del botones un beso fraternal, los papás no sabían qué replicar a aquella argumentación. No había que darle vueltas.

"El Imparcial", 31 de diciembre, 1917.

En el corro aldeano se cuchicheaba: el caso era de apuro. ¿Quién iba a bailar el repinico aquel año?

Desde tiempo inmemorial, el día de la fiesta de Santa Comba -dulce paloma cristiana, martirizada bajo Diocleciano, no se sabe si con los garfios o en el ecúleo- se bailaba en el atrio del santuario, después de recogida la procesión, aquel repinico clásico, especie de muñeira bordada con perifollos antiguos, puestos en olvido por la mocedad descuidada e indiferente de hoy. Gentes de los alrededores acudían atraídas por la curiosidad, y el señorío veraneante en las quintas y en los pazos próximos al santuario del Montiño concurría también, para convenir que tenía cachet aquel diantre de danza céltica, al son agreste de una gaita, bajo los pinos verdiazules, única vegetación que sombreaba el atrio solitario olvidado el año entero en la majestad silenciosa de la montaña abrupta...

Si apasionados del repinico eran los señoritos y las señoras que se divertían una tarde en subir al Montiño, no les iba en zaga el señor abad. En su opinión, el castizo baile representaba las buenas usanzas de otro tiempo, los honestos solaces de nuestros pasados... ¡Mala peste en ese impúdico agarrado que ha venido a sustituir a las viejas danzas sin contactos, sin ocasión próxima! "Crea usted que esas cosas las sabemos nosotros por la confesión... El agarrado, en el campo, es la disolución de las costumbres." Y a fin de estimular y proteger las danzas de antaño, el señor abad y el señorito de Mourelle largaban cada cual sus cinco pesetas al vencedor del repinico, porque el lauro se disputaba; la opinión pública los discernía al mejor danzarín...

Y gracias a la manificencia del señorito y del párroco, seguía bailándose aún el repinico; pero no por la gente moza, que lo había olvidado completamente y se entregaba con delicia al otro baile pecador. Los que salían al corro, a trenzar puntos, invitando a la pareja, eran tres viejos caducos: Sebastián el Marro, el tío Achoca y el tío Matabóis; y las danzarinas que, rendidas a su llamamiento, pero vergonzosas y recatadas, acababan por asomar al redondel moviendo el pie tímido, con los ojos bajos y las yemas de los dedos junturas, eran la tía Nabiza, la Manuela de Currás y la señora María la Fiandeira; entre las tres parejas contarían, de seguro, sus cuatrocientos y pico de años. Nadie sin embargo, se reía burlonamente cuando las estantiguas rompían a bailar; una sensación de respeto convertía la mofa en aprobación. No era el respeto a las canas ni a las arrugas, sino a la veneración involuntaria del pueblo a todo el que realiza perfectamente un ejercicio corporal, porque no sabía cuál de las parejas repinicaba con mayor garbo, ligereza y donaire. En los primeros momentos, dijérase que los goznes mohosos de aquellos cuerpos se resistían y rechinaban; pero una vez calientes las junturas, daba gozo ver cómo brincaban, cómo señalaban los puntos y pasos, al son de las postizas, meneadas ágilmente por los dedos que había deformado el reúma. Un poco de juventud volvía, no se sabe gracias a qué milagro, a las piernas temblonas, a los brazos cansados de la labor, a las cabezas en que ya la piel se pegaba a los huesos secos... y el repinico, una vez todavía, era vitoreado y aplaudido por el concurso, pareciendo la gaita sonar más alegre y estridente para acompañar el baile tradicional, la danza de los mayores, de los que duermen en los cementerios herbosos, en la gran paz de lo eterno...

Y del poético cementerio, en la falda del Montiño, con sus cuatro arciprestes y sus matorrales de zarzas al borde, cuyas moras maduras tentaban a los chicos, salió la voz que impuso el descanso -descanso sin fin- a tres de los bailarines... El invierno se llevó al tío Atocha de "un frío malo"; a Manuela de Currás, de un "pasmo por todo el cuerpo", y a Matabóis, de la paliza que le atizaron al volver de la feria los pillavanes para robarle los cuartos de la venta de una yunta que daba envidia...

Quedaron descabaladas las parejas, dos mujeres para un hombre... Y el hombre, Sebastián el Marro, era la única esperanza del abad y del señorito de Mourelle -no despreciando, un señorito cabal- cuando se planteó el problema de que se bailase el repinico, según los usos patriarcales, en el atrio de la milagrosa Santa Comba, al pie del crucero dorado por el liquen.

-¡El Marro! Que venga el Marro... ¿Dónde está?

Descubrieron por fin al que había de salvar una vez más la tradición sagrada. Sentado en una piedra, en el escarpe de la montañita, con su cabeza toda blanca y su tez toda amoratada, apenas si podía, con lengua estropajosa, responder a las interrogaciones y a las órdenes terminantes:

-¡Eh!... ¿Qué hace ahí, tío Sebastián?

-¿En qué cavila?

-Que es ahora el repinico... Venga, este año nadie le disputa los dos pesos.

-Ande, menéese...

-¿Seque está tonto?

-Lo que está es borracho como una uva... -declaró, escandalizado, el abad.

-No..., no, señor...; borracho, dispénseme -articuló al fin el viejo-. Con perdón de las barbas honradas que me escuchan, un hombre es un hombre, y un hombre tiene que echar un vaso... si ha de mover los pies. Ya no es uno un mozo... Están duros los huesos y cuesta caro el arrincar.

-¡Arriba! -incitó chancero el señorito ayudándole; y Sebastián se enderezó difícilmente. Sus pies titubeaban, sus rodillas temblaban, su cara tenía una expresión entre jocosa y humilde-. ¡Al corro! La gaita ya espira sus notas de preludio; el tamboril, porfiado, marca el compás...

Sebastián de despoja de la chaqueta, se adapta las postizas y se queda en pie, oscilante, próximo a caer, sostenido por un prodigio de equilibrio y voluntad oscura. Empieza a marcar los pasitos -la invitación a la hembra, repicando las castañuelas también bruñidas de vejez-, y todas las miradas buscan a la Nabiza, habitual pareja del Marro. Allí está la mujeruca, pero se apoya en una muleta; el invierno, que acabó con otras, a ella la ha dejado medio tullida... Todos la acosan; una le arrebata la muleta, empujándola suavemente al espacio del corro, donde entra risueña y azarada, enseñando su boca, que ningún diente guarnece ya, y moviendo sus dedos retorcidos, tofosos, y sus pies torpes, metidos en zapatones gruesos...

Ya está la pareja en baile. Sebastián, desenfurruñado, hace primores. Sus pies dibujaban en el polvo, y un rumor de admiración saluda sus vueltas y mudanzas. A veces vacila: es la humareda del vino que sube a su cerebro y le embarga. Se rehace en seguida: enderézase y vuelve a bordar y tejer los pasos, clásicamente graduados. Galantemente se quita el sombrero, saluda a la concurrencia, lo arroja y se queda en el cráneo al sol, al vivo sol de agosto. Aquel sol de brasa dijérase que le calienta y anima: baila aprisa, con un frenesí mecánico, con saltos que no son naturales, sino que semejan las de un muñeco de resorte... Y -a un salto más rápido- se tiende cuan largo es sobre la hierba agostada del atrio, sin proferir un grito. Le levantan, le socorren, pero no vuelve en sí. La congestión fue de las buenas...

Y así se acabó la danza tradicional del repinico, en el Montiño, donde, una vez al año, sonríe Santa Comba, en sus andas pintadas de azul, a los que suben al santuario por festejarla.

"Blanco y Negro", núm. 916, 1908.

-Aquella historia ya puede contarse, porque han muerto los únicos que podían tener interés en que no se supiese, y yo no he sido nunca partidario de descubrir faltas de nadie, y menos crímenes.

Así se expresaba el registrador, en un momento de descanso, momento que bien pudiera llamarse hora de los expedicionarios al monte del Sacramento. Habían dejado el automóvil donde ya la senda se hacía impracticable, buena sólo para andarla en el caballo de San Francisco; y, después de merendar bajo unos castaños remendados, huecos a fuerza de vejez y rellenos de argamasa, fumaban y departían, traídos a la conversación los sucesos de actualidad y los antiguos por los de actualidad.

-¿De modo que queréis oírla? -añadió-. Pues no deja de ser interesante:

Había en Rojaríz, donde yo estaba entonces por asuntos, un matrimonio que pasaba por ejemplar. Él, muy guapo, el mejor mozo de la comarca; ella, una señora también vistosa y, sobre todo, tan prendada de su marido, que se le caía la baba cuando salía a la calle con él del bracero. Yo los trataba, no muy íntimamente, pero lo bastante para ver que allí existían todas las apariencias de la felicidad más completa. Eran gente rica, y tenían, según fama, muchos ahorros. Hasta extrañaba que él, no teniendo hijos, demostrase tal manía y tal empeño en economizar, por lo cual ella tenía costumbre de embromarle.

Por entonces, cosas que hace el demonio, sucedió que yo me enamoré de una señorita lindísima, huérfana y con fama de ser así... un poco mística, que no pensaba en casarse, sino más bien en algo de monjío, pues se la veía mucho en la iglesia. Claro es que, al enamorarme, di en rondar su casa, como es estilo y costumbre en provincia. Quería verla cuando saliese a la catedral, y quería también de noche espiar su paso por detrás de las cortinas cuando fuese, percibir al menos su sombra. Estaba lo que ahora se dice colado.

Así es que, involuntariamente, me convertí en un espía. La casa de la señorita, que vivía sola con una criada vieja, daba a una calle muy poco frecuentada y estrecha, pero hacía esquina y por la parte de atrás se enfrentaba con las tapias de unos huertos. Tenía la casa también un jardincito chico o, por mejor decir, un huerto, con algo de arbolado, y una puertecilla muy vieja y muy igual en color a la pared, por lo cual, al nochecer, apenas se distinguía de ella. Por allí no cruzaba nadie, y era preciso estar como estaba yo, tan herido de punta de amor, para meterse en el barro inmundo que formaba el suelo de la tal callejuela, para nada; para no ver siquiera a mi tormento.

Había un ángulo en la tapia de los cercados fronterizos, que me permitía disimularme y recatar mi presencia... ¿Recatar? ¿De quién? Ahí está el intríngulis... A poco tiempo de rondar la casa de Teresa -supongamos que se llamaba así- se me puso en la cabeza que otro la rondaba también... Un hombre, embozado en amplia capa, se acercaba con sospechosa insistencia a la casa de Teresa, mirando alrededor y avizorando si le observaban. Esto fue para mí como una banderilla para un toro. Teresa tenía otro galanteador, no cabía duda.

Hasta aquí podía pasar, y, si bien la cosa me indignaba, no tenía por qué extrañarme. Lo que ya pasó del límite de mi sufrimiento y hasta de mi comprensión, fue que, en otras dos noches de espionaje pasadas, me convencí de que había un tercero en discordia. Un sujeto no muy bien vestido, de bufanda y chaqueta, daba sospechosas vueltas por allí, fijándose también mucho en la casa, en sus tapiales, como si intentase asaltarla...

Y, claro, no tardé en darme un cachete en la frente, y en llamarme a mí mismo tonto... Allí podía haber un rondador, y era el de la capa, el alto, el bien plantado; pero el segundo, el mal fachado, ¿qué querían ustedes que fuese? ¿Qué podía ser sino un ladrón? Desde aquel momento, mi empresa amorosa tuvo el interés de un drama o de una novela de folletín. Todas las hipótesis cruzaron por mi mente. Mis facultades de observación se agudizaron. Me armé de una pistola, cargada. La luna estaba en menguante, y me daba el corazón que a la primera noche nublada sucedería algo de cuenta.

A decir verdad, por el lado del galanteador no creía que ocurriese cosa que digna de contarse fuera. La vanidad de los hombres es tal, que siempre les ha de costar trabajo creer que otro logra lo que ellos no han logrado. Valido de la oscuridad, me escondí en mi puesto de acecho, dejando apenas asomar algo de la cabeza por la tapia del muro. Era un admirable acechadero aquel huerto abandonado a la maleza, y en el cual no había perros que os saltasen a las canillas. La cosa tenía mucho de romántica y yo sentía hasta palpitaciones.

Pero la aventura me pareció menos bonita cuando, en vez de aparecer el ladrón, vi entrar por la calleja, cuidadoso y mirando a todas partes por si le seguían, al hombre bien plantado... El embozo de la capa le cubría por completo el rostro, pero su paso ágil y elástico revelaba a un sujeto en la fuerza de la edad. Así que se creyó seguro, se acercó a la puertecilla, y mis ojos desesperados vieron cómo se abría desde adentro, y cómo el hombre se colaba por ella... Les aseguro a ustedes que pasé un mal cuarto de hora. ¡En eso habían venido a parar los repulgos místicos de aquella Teresa tan adorada! ¡Y yo que pensaba en ella, como se piensa en la Virgen!

La puerta se había cerrado y no tenía trazas de abrirse; las horas pasaban; yo permanecía clavado en mi puesto de acecho, pues quería saber cuándo se terminaba la entrevista. Mil ideas insensatas me hacían devanarme los sesos. ¿Por qué este misterio en la cita? Teresa era soltera, era libre. Podía recibir ante el mundo a su novio, podía casarse... Y, a fuerza de dar y tomar en esta idea, se me ocurrió la más lógica: Teresa era libre, ¿y si él podía no serlo? Y ya entonces me pareció que se hundía el mundo dentro de mí y que sus ruinas me aplastaban. ¡Teresa! ¡Teresa capaz de tal atrocidad!

De súbito (cuando está uno así adquiere una perspicacia extraordinaria), se me figuró que se rasgaba una cortina de niebla y que se destacaba la figura del hombre para quien la puerta se había abierto... Yo conocía aquella silueta, y me lo había dicho a mí mismo varias veces, durante el acecho; una cara puede recatarse con un embozo, pero un modo de andar y una postura no se recatan. Era Fajardo, el marido modelo, el hombre económico, el que llevaba siempre en los bolsillos fuertes cantidades... ¿Qué quería decir todo esto?

Y si no me había dado cuenta antes de que era Fajardo, en efecto, era porque me lo estorbaba una suposición de imposibilidad, que acababa de abolirse. Si el que entraba en casa de Teresa no podía hacerlo en público, cabía que fuese de Fajardo aquella silueta que lo parecía.

Todo eso pasó en dos horas, de diez a doce. Cerca ya de la medianoche, mis ojos, que no se apartaban de la puerta, vieron algo que me sobresaltó: el segundo rondador, el tercero contándome a mí, el mal fachado, acababa de aparecer saliendo de la oscura travesía y se situaba detrás de la puerta...

Se me alborotaba el corazón, pero ahora no de celos ni de rabia, sino de susto. Aquel agudo discurrir que notaba desde hacía dos horas, me decía claramente que el nuevo personaje estaba apostado para robar a Fajardo, aprovechando la singular y conocida manía del rico propietario de llevar siempre encima fuertes sumas.

No tuve tiempo de pensar lo que más convenía hacer, si intervenir o limitarme al papel de espectador. Al sonar, en lejano reloj, las trémulas campanadas de la medianoche, la puerta se abrió sigilosa, y vi en ella, entreví dijera mejor, dos figuras enlazadas estrechamente.

Se deshizo el abrazo, y el hombre salió, y la mujer se esfumó tras de la puerta. Al punto mismo, el mal fachado alzó el brazo y escuché un grito apagado y desgarrador. Fajardo cayó al suelo y el asesino empezó a registrarle, a tientas. Y volvió la puerta a abrirse, y la mujer asomó, dando señales de susto, pero el bandido huía ya, con su presa, la cartera repletísima de que Fajardo no se separaba nunca...

Salté de mi murallón. Teresa, sollozando, se inclinaba sobre el cadáver, pues el golpe había sido certero, en la arteria, que seccionó. Yo no podré decir cómo nos entendimos en aquel terrible instante: la mujer medio loca, y yo, que me proponía salvarla del deshonor seguro. Ni entiendo cómo se fió en mí: es verdad que me conocía, sabía que quien la andaba rondando era, al menos, una persona incapaz de una cosa enteramente mala. Yo creo que es que hay instantes en que se razona eléctricamente o, mejor dicho, no es que se razone, es que se procede de un modo instintivo, y el instinto es más seguro que nada, y es instantáneo. Entre los dos trasladamos el cuerpo al jardincillo; entre los dos borramos las huellas de sangre del suelo: por fortuna, lo más de la hemorragia lo habían absorbido las ropas. Teresa no quería creer que estuviese muerto y, sin recato, cubría de besos el rostro frío y la ya amoratada boca. Y, con igual impudor, olvidada de cuanto no fuese el espantoso caso,

respondía a mis preguntas:

-¿Tiene usted una cueva, un sótano?

-Sí, hay uno.

-Pues es preciso llevar allí el cuerpo... Si no, se hará público todo, y hasta se verá usted en una cárcel. No podemos probar que lo asesinaron otros. Yo también me estoy jugando muchas cosas.

La convencí, y me ayudó en la fúnebre tarea. Cavamos en aquella especie de cueva, cuyo suelo era terrizo, y enterré bien hondo el despojo triste. Teresa sufrió varias convulsiones.

Entre sus accesos de llanto, repetía:

-¡Ya tenía yo miedo siempre, con llevar él encima tanto dinero!

-¿Para qué lo llevaba? -no pude menos de preguntar.

-Para marcharnos juntos si era preciso... y lo sería muy pronto... Así es que hoy me dejó el dinero en mi poder...

Las palabras de Teresa me sugirieron algo que ya era necesario; no podía aquella mujer quedarse allí, custodiando aquel muerto, pensando verlo salir de su huesa. Como la hubiese preparado el mismo Fajardo, en vida, preparé yo la fuga de la muchacha. El alba asomaba ya cuando la saqué de su casa, envuelta en tupido manto lutero, y la empaqueté en la diligencia que iba a Tuy. Desde Tuy a la frontera portuguesa, un paso. Y en Portugal, Teresa estaba segura, si lograba esconderse.

Por adoptar todas las precauciones, la obligué a que escribiese a su vieja asistenta, anunciando un corto viaje a tomar unas aguas, y encargándola de ventilar la casa alguna vez.

Y esperé los acontecimientos.

La desaparición de Fajardo alarmó, no tanto como se hubiese podido suponer, pero lo bastante para que se indagase y revolviese. Se habló del asunto quince días o más; pero como no había Prensa, o si la había no tenía aún la costumbre de ocuparse de estas cuestiones, nada se averiguó de positivo. Yo oía los comentarios; claro es que se susurró cosa de amores; pero nadie pronunció el nombre de Teresa, de quien, por su vida retirada y devota, nadie sospechó.

Y pasó el tiempo, y vino el olvido, y sólo yo sé que en una cueva hay unos huesos, que ya estarán hechos moho por la humedad... Y el saberlo sólo yo, ¿creerán que me da a veces escalofríos de remordimiento?

Rieron los circunstantes y, hartos y descansados, se pusieron otra vez en camino.

Llamaban así en Baizás al cohetero, por su viveza de genio característica, por aquel adelantarse a todo, que unas veces degeneraba en precipitación peligrosa, en su arriesgado oficio, y otras, le había traído suerte, adelanto. En la pila le habían puesto Manuel, y era toda su familia una hijastra, Micaela, lunática, histérica, leve como una paja trigal, de anchos y negrísimos ojos escudriñadores, y que tenía fama de bruja y zahorí. Infundía en la aldea miedo, porque se suponía que adivinaba hasta las intenciones, y que sólo ella podría decir quién era el autor de tal oculto robo, de tal misteriosa muerte, y qué mujer de la parroquia abría, por las noches, la cancela de su casa a un mocetón, mientras el marido estaba allá en las Indias...

Además, descollaba Micaeliña en aplicar los evangelios, cosidos en una bolsita de tela roja, a la testuz de las vacas y ternerillos, previniéndolos contra el aojamiento y la envidia, y sabía de las encantaciones del famoso libro de San Cipriano, encontrado entre otros muy ratonados en una alacena vieja, en casa del cohetero. El oficio de éste se rozaba con la química elemental, que tenía sus ribetes de alquimia, y por tal camino se acercaba a la magia.

El único escéptico que había en Baizás, respecto a las artes de Micaeliña, era su padrastro... "A fe de Manoel, que un día agarro un palo de tojo y le saco del cuerpo las meiguerías".

Entre sus desvaríos, solía afirmar la moza que o poco había de vivir, o moriría rica.., ¡más rica que la mayorazga de Bouzas! Como que se encontraría, bajo la corteza de la tierra, en los huecos de las paredes so las vigas carcomidas de algún antiguo edificio, un tesoro: y, con las fórmulas de encantamiento que estudiaba un día tras otro, lo descubriría, lo haría suyo, se bañaría en oro, a oleadas.

Un día se supo en la parroquia que acababa de morir, súbitamente, el cura. Una hemoptisis fulminante se lo llevó, y la misma enfermedad había dado cabo, tres o cuatro años antes, del hermano del párroco que, desde Montevideo, vino a reponer sus fuerzas y a descansar de una vida de ímproba labor. Micaeliña solía ayudar en las faenas del menaje a la vieja Angustias, ama del sacerdote. Una idea tenaz la impulsaba a prestar estos servicios desinteresadamente, y con asiduo celo. Aprovechando todas las ocasiones, la bruja moza registraba sin cesar la casa, a pretexto de asearla y barrerla. El desván, sobre todo, era objeto de sus predilecciones. En él se guardaban los tres baúles, que trajo el indiano, de cuero de buey, con cantoneras de latón. Dos estaban vacíos, abiertos. El otro, con la llave puesta, sólo guardaba papeles, cuentas comerciales, periódicos viejos, botas, una bufanda... La moza no cesaba de percudar, esperando siempre el indicio. Y un día, como pasase su mano por el fondo de uno de los baúles, en un ángulo, sus uñas arrastraron un objeto menudo, circular... Lo miró a la escasa luz que entraba por la claraboya. Sus pupilas destellaron. Era una monedita de oro, una doblilla menuda, donde brillaba la grave faz paternal del pelucón Carlos III.

Ya no cabía dudar. ¡En esos baúles había venido la fortuna del indiano!

Con husmear de gata fina, con sigilo de vulpeja cazadora, con maña de ratoncillo que busca la entrada de una despensa, empezó Micaela a investigar. Angustias, interrogada capciosamente, fue soltando retazos de lo probable, mezclados con mil fábulas. Sí, ya estaba ella enterada de que en la aldea eran unos mentirosos; creían que el hermano del señor cura venía relleno de onzas..., y pensaban que toda esa riqueza la había escondido el párroco debajo del altar mayor... ¡Invencionistas del demonio, que armaban un cuento en el aro de una peneira!...

En su casa, mientras Manuel envolvía en sucias cartas de baraja la cabeza de los cohetes, sacaba Micaela la conversación del tesoro del párroco. ¿Sería verdad que estuviese escondido en la iglesia? El cohetero reía. ¡Buenas y gordas! El indiano traería..., ¡a ver!, unas cuantas pesetas roñosas; justamente había muerto de privaciones, de la miseria que pasó allá en Montevideo. La muchacha agachaba la cabeza y apretaba contra el pecho la monedita de oro, que llevaba colgada del cuello, en un saco. Dos o tres veces tuvo al borde de los labios la súplica: "Señor pá, aúdeme a buscare el tesoro..." Un inexplicable recelo la contuvo. Notaba en su padrastro algo de singular. Andaba como agitado, como fuera de sí. Para adquirir, según decía, los elementos del fuego artificial que había de arder el día de la fiesta del Patrón, hacía salidas frecuentes, viajes a Compostela, que duraban días. Y Micaela se quedaba sola frente al problema: averiguar dónde se ocultaba una riqueza de cuya existencia no le quedaba ni la menor duda, pero cuyo paradero sólo Dios... Porque en la casa del cura no estaba el tesoro. Y en el altar mayor... ¡Imposible! Otro era el escondrijo. ¿Cuál? Una hermosa noche de plenilunio, la bruja resolvió apelar a los encantos. Recitaba la fórmula del libro y, provista de una varita de avellano, salió de su casa, encaminándose a la del cura. No corría ni un soplo de viento: las madreselvas de los zarzales esparcían fragancia deliciosa y pura: a lo lejos, los canes lanzaban su triste ¡ouuu!, y la queja de un carro estridulaba muy distante también, como una despedida. Micaela desató el pañuelo, cuyas puntas le cruzaban la frente, y desenvolviéndolo, lo ató sobre los ojos, mientras con fuerza nerviosa apretaba la varita. Un temblor convulsivo agitaba su cuerpo. A ciegas, creía sentir mejor la corriente de esa extraña inspiración que se resuelve en adivinanza. No era ella la que avanzaba: era una virtud desconocida la que la impulsaba hacia un lado o hacia otro. Por allí se iba a la casa del cura y a la iglesia... ¿Adónde la guiaría la varita, que se estremecía entre sus dedos?

Impulsada por aquel temblor de la varita, andaba Micaela sin ver..., tropezando en los conocidos senderos. Sus pies, al fin, se hundieron en la tierra blanda de un huerto y por poco dan contra un muro... Alzó el pañuelo que le cubría los ojos, y reconoció dónde estaba. Ante ella alzábase el abandonado palomar del cura. Era una especie de torrecilla redonda, pequeña, cuyo tejado caía en ruina. La puerta, medio desvencijada, aparecía abierta de par en par. La moza, derechamente, se fue hacia el interior, donde penetraba la clara plata de la noche. Un instinto le decía que era allí, y no en otra parte, donde había que buscar la riqueza del indiano... Sus asombrados ojos miraban, miraban con ansia, recorrían el recinto, confusamente tapizado de viejos plumajes y de telarañas... A pique estuvo de hocicar un hoyo, no pequeño, recién abierto, al borde del cual un objeto oscuro yacía caído. Micaeliña miraba, fascinada, el agujero, la tierra de fresco removida, todas las señales de haber sido allí destripado y violado un secreto, su secreto. Otro se había adelantado, otro recogido el oro... Y no pudo la muchacha dudar ni un instante de quién fuese el ladrón; allí estaba el testimonio acusador, la rota y deformada caperuza de su padrastro...

Uno de los ataques nerviosos de que era acometida, atacó a la moza, haciéndola retorcerse y lanzar gritos y de arrojar espuma y, por último, provocando una crisis de lágrimas.

¡Aquel malvado! Aquel oro, en que ella fundaba sus esperanzas de otra vida diferente, hermosa, colmada, se lo llevaba el tunante, que ya le había robado, años antes, el amor de la madre, y acaso matándola a disgustos y a celos.

La crisis cesó. La bruja se alzó, quebrantada, dolorida, y esta vez sin venda en los ojos, con paso de autómata, zumbándole los oídos y sintiendo un raro deseo de morder alguna cosa, se encaminó a su casuca. En el umbral de la puerta vio ya a Madrugueiro despabilado y alerta. Reía con risa maliciosa e irónica, que se convirtió en carcajada cuando Micaela le metió casi por el rostro la caperuza perdida.

A las injurias, a los dicterios de la muchacha, el cohetero sólo respondía:

-Madrugaras, filla, madrugaras... Quien no madruga, no llega a la misa..., ¡je! Y dejáraste de meigallos y de encantaciones. La encantación es llegare antes y tenere el ojo abierto. Anda y tira al fuego las meiguerías y la uña de la Gran Bestia. A te acostar... Paciencia y dormire.

-No se ría tanto -rezongaba ella sombríamente-. Mire que le puede salir cara la risa.

A partir de este momento, la incertidumbre envuelve el episodio... La aldea de Baizás sólo pudo saber que poco antes de la salida del sol un ruido espantoso estremeció las pocas casas de la aldea, la misma iglesia, que pareció tambolearse. La morada del cohetero acababa de saltar, como castaña en la hoguera. Al discurrir sobre las causas del caso atroz, opinaron los mejor enterados que Madrugueiro tenía preparado el fuego de la fiesta patronal y por descuido dejaría caer un ascua del fogón sobre tanta pólvora. Se encontró su cuerpo carbonizado, no lejos de Micaela. Y sólo un año después se averiguó que el cohetero era rico. Un sobrino descubrió los caudales, depositados en seguro en Compostela.

El islote está inculto. Hubo un instante en que se le auguraron altos destinos. En su recinto había de alzarse un palacio, con escalinatas y terrazas que dominasen todo el panorama de la ría, con parques donde tendiesen las coníferas sus ramas simétricamente hojosas. Amplios tapices de gayo raigrás cubrirían el suelo, condecorados con canastillas de lobelias azul turquesa, de aquitanos purpúreos, encendidos al sol como lagos diminutos de brasa viva. Ante el palacio, claras músicas harían sonar la diana, anunciando una jornada de alegría y triunfo...

Al correr del tiempo se esfumó el espejismo señorial y quedó el islote tal cual se recordaba toda la vida: con su arbolado irregular, sus manchones de retamas y brezos, sus miríadas de conejos monteses que lo surcaban, pululando por senderillos agrestes, emboscándose en matorrales espesos y soltando sus deyecciones, menudas y redondas como píldoras farmacéuticas, que alfombraban el espacio descubierto. Evacuado el islote de sus moradores cuando se proyectaba el palacio, todavía se elevaban en la orilla algunas chabolas abandonadas, que iban quedándose sin techo, cuyas vigas se pudrían lentamente y donde las golondrinas, cada año, anidaban entre pitíos inquietos y gozosamente nupciales.

En la menos ruinosa se había refugiado un ser humano. Era una mujer enferma y alejada de todos. Eso sí, para el sustento no le faltaba nunca. Las gentes de los pueblos de la ribera, pescadores, labradores, tratantes, sardineras, al cruzar ante el islote en las embarcaciones, ofrecían el don a la Deixada, que así la llamaban, perdido totalmente el nombre de pila. Nadie hubiese podido decir tampoco de qué banda era la Deixada; nadie conocía ni los elementos de su historia. ¿Casada? ¿Viuda? ¿Madre? ¡Bah! Un despojo. Y los marineros, saltando al rudimento de muelle que daba acceso al islote, depositaban sobre las desgastadas piedras la dádiva: repollos, mendrugos de brona, berberechos, que cierran en sus valvas el sabor del mar, frescos peces, cortezas de tocino. Nunca salía la Deixada a recoger el "bien de caridad" hasta que la lancha o el bote se perdían de vista. Permanecía escondida mientras hubiese ojos que la pudiesen mirar, como un bicho consciente de que repugna, como un criminal cargado con su mal hecho.

En el balneario de lujo emplazado en la isla próxima se temía vagamente, sin embargo, la aparición de la Deixada. ¿Quién sabe si un día cualquiera se le ocurría salir de su escondrijo y presentarse allí, trágica en fuerza de fealdad y de horror, descubriendo el secreto, bien guardado, de la miseria humana? Con ello vendría el convencimiento de que es la especie, no un solo individuo, quien se halla sometida a estas catástrofes del organismo; que somos hermanos ante el sufrimiento... y que es acaso lo único en que lo somos.

Y sería horrible que se presentase esta mujer predicando el Evangelio del dolor y de la corrupción en vida. Verdad es que parecía improbable el caso: no la admitirían en ninguna embarcación, y a nado no había de pasar... Para que no necesitase salir de su soledad a implorar socorro, del balneario empezaron a enviarle cosas buenas, sobras de comida suculenta, manteles viejos y sábanas para hacer vendas y trapería. Le mandaron hasta aceite y dinero, que no necesitaba.

Hallábase a la sazón de temporada en el balneario un religioso, joven aún, atacado de linfatismo. Modesto y retraído, no se le veía ni en el salón, ni donde se reuniesen para solazarse y entretener sus ocios los demás bañistas. En cambio, hacía continuas excursiones, y cuando no andaba embarcado, estaba recostado bajo los pinos, bebiendo aire saturado de resina. Una tarde, yendo a bordo de la lancha que traía el correo, vio, al cruzar ante el islote, cómo el marinero colocaba sobre los pedruscos resbaladizos la limosna.

-¿Para quién es eso? -interrogó curiosamente.

-Para la Deixada -contestó, con la indiferencia de la costumbre, el marinero.

-¿Y quién es la Deixada?

-Una mujer que vive ahí soliña. Nadie se le puede arrimar. Tiene una enfermedá muy malísima, que con sólo el mirare se pega. ¡Coitada! Pero no piense; la boena vida se da. Yo le traigo de la cocina del hotel cosas ricas. Aun hoy, cachos de jamón y dulces. No traballa, no jala del remo, como hacemos los más. ¡La boena vida, corcho!

El religioso no objetó nada. Sin duda, para el marinero las cosas eran así, y se explicaba, por mil razones, que lo fuesen. Hasta era dueña la Deixada de un pintoresco islote. Podía pasearse por sus dominios horas enteras, cuando el rocío de la mañana endiamanta el brezo y sus globitos de papel rosa, cuando la tarde hace dulce la sombra de los arbustos, donde se envedijan las barbas rojas de las plantas parásitas.

Nadie le robaría el bien de la soledad; nadie turbaría su pacífico goce, ni se acercaría a ella para sorprender el espanto de su figura, en medio de la magia de una Naturaleza libre y serena, entre el encanto de los atardeceres que tiñen de vívido rubí las aguas de la ría.

Pensaba el religioso cuán grato fuera para él vivir de tal modo, lejos de los hombres, leyendo y meditando. ¿Quién se arriesgaría a visitar a la Deixada? Una idea le asaltó. La Deixada era, seguramente, una leprosa...

Aquella enfermedad que se pega "sólo con el mirare"; aquel esconderse del mundo, como si el mostrarse fuese un delito... ¿Qué otra cosa? Y el andrajo humano, no obstante, tenía un alma. Sabe Dios desde cuánto aquella alma no había gustado el pan. El cuerpo enfermo se sustentaba con cosas sabrosas, regojos de banquetes opíparos; el alma debía de tener hambre, sed, desconsuelo, secura de muerte. La verdadera deixada era el alma... Y el religioso se decidió después de breve lucha con sus sentidos.

-Desembárcame en el islote.

El marinero creyó haber oído mal.

-Señor, ahí nadie le desembarca.

No hubo remedio. Renegando, meneando la crespa testa bronceada, el marinero obedeció. Y el religioso saltó al atracadero con agilidad y se metió valerosamente isla adentro. Soledad absoluta; no se escuchaba ni un rumor; sólo se agitaba el cruzar asustado de los conejos, el relámpago rubio de alguna mancha de su pelaje. El religioso avanzó, recorrió las casucas. A la puerta de una de ellas divisó al cabo un bulto informe, que en rápido movimiento se ocultó dentro de la vivienda. Al entrar en ella, el religioso estuvo a punto de retroceder. Veía una forma entrapajada, una cabeza envuelta en vendas pobres, rotas, y, detrás de las vendas, le miraban unos ojos sin párpados, y asomaba una encarnizada úlcera, cuya fetidez ya le soliviantaba el corazón.

Se dominó, y la palabra de amor salió de su boca, envuelta en el halago del dialecto.

-Mulleriña, no vengo a molestar... Vengo a preguntarle si quiere que la atienda.

La Deixada hacía gestos desesperados, furiosos.

-Váyase, apártese. Váyase corriendo -repetía en sorda, en estropajosa voz.

El religioso, en vez de irse, se sentó en un tallo y empezó a hablar, lenta y calurosamente. Venía a ofrecer lo único que poseía. Un alma requería su auxilio. Allí estaba él para ocuparse de esa alma, que valía más que el pobre cuerpo roído por la enfermedad. Vestida de luz el alma subiría hacia su patria, el cielo, cuando el cuerpo se rindiese. Atónita, la mujer escuchaba. Al fin de la exhortación, murmuró, ronca, vencida:

-No entiendo. Será verdade, cuando usted lo dice.

-No hubo -dijo después el religioso- confesión más conmovedora. La Deixada, como casi no tenía voz, contestaba a mi interrogación por signos. Le exigí que perdonase a los que la "dejaban"... Le costó algún trabajo, porque al lado de la llaga del padecimiento roía su corazón otra llaga de enojo y cólera contra los hombres. Lo mismo que no sabía la naturaleza de su otra llaga, no sabía la de ésta; fue mi interrogatorio lo que se la reveló. Su ira dormía como sierpe enroscada, y yo la alcé, silbadora, para machacarle la cabeza. Se creía con derecho a maldecir, y hasta con derecho a pegar su mal, si no temiese ser apedreada. Sus ojos, secos, me miraban con siniestra furia. ¡Lo que me costó que, al fin, se humedeciesen!... No fue sólo por medio de la palabra.

Y el religioso no quiso explicarse más. No habiendo presenciado nadie la entrevista, no hay por qué creer que hubiese acariciado a su penitente como a una madre. Sería o no sería... Lo cierto fue que al otro día le llevó la santa comunión.

Aquel invierno notaron los marineros que la comida para la mujer quedaba en las piedras. Algún tiempo la disfrutaron los pájaros. Después cesó la limosna. Y la islita fue ya definitivamente deixada.

"El Imparcial", 6 de mayo 1918.

Lo que se suele decir de la honradez de otros tiempos y de la lealtad de otros tiempos, y del buen servicio de otros tiempos -opinó Ramiro Villar, cuando salimos de la quinta donde habíamos pasado la tarde merendando y jugando al bridge, como si fuésemos algunos elegantes de ultra Mancha y no señoritos españoles, que deben preferir el chocolate y el tresillo-, tiene sus más y sus menos... Entonces, lo mismo que hoy, existía una cosecha brillante de bribones redomados.

-Sin embargo, era otra cosa -insistió don Braulio Malvido-. Algo había entonces en el ambiente que reprimía un poco la desvergüenza de la bribonada. No existía tanta desfachatez.

-Mala es la desfachatez -declaró el muchacho-; pero ¿le gusta a usted la hipocresía? No sé cuál será más repugnante. Acaso a mí la hipocresía me parezca peor, porque tuve en la historia de mi familia un caso de hipócrita que nos perjudicó no poco en nuestros intereses. Mi padre me lo refirió, porque la cosa ocurrió en tiempo de nuestros abuelos. Parece que mi abuelo paterno era un señor muy bueno... Diré a ustedes que yo detesto cordialmente a los buenos señores, mucho más funestos que los malos. Los buenos señores son aquéllos que se dejan engañar por todo el mundo. Sin embargo, conviene añadir que para engañar a mi abuelo se desplegó una habilidad que no debía de ser necesaria, siendo él, como consta, materia tan dispuesta. Es el caso que en mi casa, quiero decir en la solariega, que es un magnífico palaciote, allá en la comarca más vinícola de estas provincias, existía una leyenda a la cual unos daban crédito y otros no: se refería a un tesoro que se suponía enterrado en no se sabe cuál rincón de la casona. Claro es que cuanto más ignorantes eran las personas más creían la conseja; pero mi abuelo se reía de ella a mandíbula batiente, y había prohibido, con la mayor severidad y del modo más categórico, que se hiciesen excavaciones, registros ni nada relacionado con la búsqueda de tal riqueza, cuyo origen decían ser la venida de un antepasado virrey del Perú, cargado de onzas y barriles de polvo de oro, y a cuya muerte, acaecida muy poco después, no se encontró sino un escasísimo haber. El virrey había anunciado que pensaba transformar la casona en un magnífico palacio que fuese asombro de la comarca, y los planos del palacio sí que se hallaron, completos y ostentosísimos, y aún se conservan hoy en el archivo nuestro.

En fin, lo repito, mi abuelo dio por paparrucha lo del tesoro, aun cuando la gente seguía empeñada en que el tesoro había y tres más. Ya por entonces estaba a su servicio Froilán Mochuelo.

¿Les hace gracia el nombre? Los nombres, amigos, son una cosa muy significativa. Yo encuentro algunos que retratan a las personas. ¡Froilán Mochuelo! ¿No encuentran ustedes algo de especial, de significativo en esta manera de llamarse? Puede que ahora no; pero esperen el fin de la historia.

Froilán era sobrino de un cura. Había estado en Portugal varias veces, y hablaba medio portugués, dulzarrón y nasal. No se sabía qué oficios ejerció hasta entrar en el servicio de mi abuelo; pero era, por lo visto, mañoso para todo, y entendía de descubrir manantiales, de cuidar viñas, de enfermedades del ganado y de herrero y carpintero. Tantas habilidades sedujeron a mi abuelo; pero lo que más le conquistó fue le devoción y piedad del sirviente. Daba gozo verle ayudar a misa, y la capilla, desde que él entró a servir, parecía un espejo de limpia y de primorosa. Él dirigía el rosario con toda especie de requilorios, y él enseñaba a las muchachas a cantar gozos, trisagios y letanías. Como si fuese poco, a veces se iba a rezar solito, y, desde la tribuna, mi abuelo le veía prosternarse y besar el suelo, o pasarse las horas muertas de rodillas y con los brazos en cruz. En la aldea le llamaron el santiño. Jamás se encolerizaba; jamás incurría en falta, ni más leve, ni de respeto, ni de probidad. Y, poco a poco, mi abuelo fue tomándole un cariño desmedido. No hablaba más que de Froilán. Froilán era sus pies, sus manos, su brazo derecho.

Pasaron así doce años, sin que se desmintiese la perfección del sirviente y sin que dejase de crecer el entusiasmo del señor. Parece que mi abuela no participaba de los entusiasmos de su marido por Froilán, y el asunto hasta llegó a ser causa de polémicas y disensiones en el por otra parte muy bien avenido matrimonio.

-Pero, mujer, ¿qué tacha puedes ponerle?

-Tacha, ninguna; pero no me gusta, Ramiro (el abuelo se llamaba como yo, o, mejor dicho, yo me llamo como el abuelo). Mira, no le fiaría yo a ese santiño el valor de cinco duros.

-Las mujeres tenéis el espíritu de contradicción -respondía mi abuelo.

Pero fue él quien lo tuvo, y no su esposa, pues tal vez por darle en la cabeza, como suele decirse, resolvió demostrar a Froilán la mayor confianza.

Llamándole un día a su despacho, diz que le dijo:

-Atiende, Froilán; tengo que contarte un secreto... ¿Has oído tú hablar del tesoro que suponen que hay enterrado en esta casa? Yo he prohibido que se busque, y he corrido la voz de que todo eso eran cuentos y patrañas.

-Y serán, señor -parece que respondió, en el tono más indiferente, el Mochuelo.

-No, no; a ti te digo la verdad; estoy persuadido de que no son sino realidades. No se sabe qué fue del contenido de los cofres del virrey. Trajo una impedimenta enorme, y al morir aparecieron los cofres y arcas vacíos, y nunca se pudo rastrear dónde estaba su fortuna. El aire no se la llevaría. No puede estar sino aquí. ¿Dónde? Eso es lo que tú puedes tratar de averiguar, porque si yo me pongo a escarbar aquí y allí, llamaré la atención, y me expongo hasta a un robo a mano armada. Tú, a la sordina, puedes registrar la casa: como en requisa de construcción, a pretexto de reparos, lo miras todo, despacio y a gusto, y mucho me sorprenderá que no hallemos nada... ¡Ah! -añadió-. Y como lo encuentres, no necesito decirte que aseguraré tu suerte para toda la vida.

Autorizado así, tan en regla, Froilán empezó a desempeñar el encargo. Quejándose de la vetustez de la casa, que tanto remiendo le obligaba a echar, desorientó a los aldeanos, y no extrañaron verle manejar la sierra y la azuela, la pala del albañil y la del revocador. Dos años anduvo como un ratonzuelo, revolviendo aquí y allí. Hasta cavó en el huerto, porque tenía, según dijo, que poner árboles. ¿En qué rincón halló el tesoro? Eso no lo cuenta la crónica; o, mejor dicho, lo cuenta de tantas maneras diferentes, que no hay modo de poner en claro si fue en la tierra, si en las vigas, o dentro de las paredes donde lo había ocultado el señor virrey. Lo positivo es que, después de muchas gestiones que declaraba inútiles, un día Froilán cargó dos mulas con sacos que, según él, contenían grano, que iba a llevar al molino de Rioriba, en que la harina salía más fina para el pan de los señores. No consintió que le ayudase nadie a cargar los sacos. Esta particularidad se recordó después. Los sacos parecían pesar mucho; Froilán sudaba al izarlos. Él siguió a pie a las mulas. Dijeron que se le había visto subir, en efecto, hacia Rioriba, donde está el puente viejo, que del Miño lleva a tierra portuguesa. Después, sus huellas se perdieron, y nadie dio razón de haberle visto en parte alguna. Llegaron rumores de que estaba en Lisboa, viviendo como un gran señor; también se susurró que había pasado al Brasil. Lo positivo, en casa de mis abuelos, fue que el matrimonio, hasta entonces bien avenido, se desunió, por las constantes reconvenciones de mi abuela, que no cesaba de tratar de cándido y de bolonio a mi abuelo, por haberse fiado en aquel cazurro, en cuyos ojos, cuando podían vérsele, había un resplandor de todas las maldades. Y mi abuelo, que en vez de dar por perdido alegremente un tesoro que al fin no había descubierto, ni acaso tuviese la paciencia de descubrir jamás, cayó en una negra melancolía, acusándose también de haber dejado escapársele de entre las manos el porvenir de su casa, el oro del virrey, llevado en sacos por el infiel sirviente Dios sabe a qué tierras remotas. Mi padre creía también que no era sólo la codicia defraudada lo que así abatió el espíritu del abuelo, sino también el desengaño, el haber sido burlado de una manera tan audaz, el haber pasado por un necio a los ojos de todos, no sólo a los de su esposa. Porque después de la fuga de Froilán, se había hecho público todo el caso, y en la aldea, y en muchas leguas a la redonda, y hasta en la ciudad, se hablaba del tesoro, de la burla, de la inmensa riqueza perdida por mi casa, por causa de la infelicidad de aquel señor tan bueno y tan confiado que había conseguido perderlo todo. Y la tristeza dio al traste con mi abuelo, que tardó poco en morir, a los treinta y seis años.

Como unos quince después de estar bajo tierra el bendito señor, grande fue la sorpresa de mi abuela al recibir a un sacerdote portugués, que le traía una fuerte suma, restitución -dijo- hecha por un moribundo. El sacerdote se negaba a dar el nombre, pero mi abuela le dijo categóricamente:

-Quien envía este dinero no envía ni la décima parte de lo que nos ha robado... Es el pillastre de Froilán.

-El que manda esto, señora, ya no existe, y me consta que manda cuanto le quedó de una fortuna muy considerable. Me ha encargado que pida a ustedes el perdón, que cristianamente no le podrán negar.

-¿Pero era cristiano ese tuno? -preguntó mi implacable abuela.

-No sé si se condujo como tal; pero los sufrimientos y el remordimiento le cambiaron mucho. Murió, señora, de una enfermedad horrible, que sólo pueden padecerlas los negros.

-Y yo -añadió Ramiro- detesto desde entonces a los hipócritas.

"La Ilustración Española y Americana", núm. 27, 1913.

-¿De modo -pregunté al párroco de Gondás, que se entretenía en liar un cigarrillo- que aquí se cree firmemente en brujas?

Despegó el papel que sostenía en el canto de la boca, y con la cabeza dijo que sí.

-Pues usted debe combatir con todas sus fuerzas esa superstición.

-¡Sí, buen caso el que me hacen! Por más que se les predica... Y lo que es en esta parroquia especialmente...

-¿Por qué en esta parroquia especialmente? ¿Es aquí donde las brujas se reúnen?

-Mire usted -murmuró el interpelado, enrollando su pitillo con gran destreza y sentándose en el pretil del puente; porque ha de saberse que esta plática pasaba al caer la tarde, a orillas del camino real, y allá abajo las aguas del río, calladas y negras, reflejaban melancólicamente las vislumbres rojas del ocaso-. Mire usted -repitió-, en esta parroquia pasaron cosas raras, y el diablo que les quite de la cabeza que anduvo en ello su cacho de brujería.

-A veces -observé-, los hechos son...

-Justo, los hechos... -confirmó el cura-. Aunque reconozcan causas muy naturales, si los aldeanos les pueden encontrar otra clave, es la que más les gusta... Y lo que sucedió en Gondás hace poco, se explica perfectamente sin magia ni sortilegio ni nada que se le parezca; sólo que en la imaginación de esta gente...

Al expresarse así el abad, sobre la cinta blancuzca de la carretera negreó un bulto encorvado, una mujer agobiada bajo el peso de un haz de ramalla de pino. Desaparecía su cabeza entre la espinosa frondosidad de la carga; pero, sin verle el rostro, el cura la conoció.

-Buenas tardes, tía Antonia... Pouse el feixe muller... Yo ayudo...

Asombrada, pero humilde, la aldeana se dejó aliviar y nos saludó con respetuoso "Nas tardes nos dé Dios". Era una vejezuela vestida de luto, el luto desteñido y pardusco de los pobres; iba descalza y sus greñas y su, curtida cara rugosa exhalaban el grato y bravo olor a resina de los pinares. Nos miraba no sin vago recelo, pero una pesetilla extraída de mi escarcela la tranquilizó y desató su lengua en acciones de gracias infinitas.

-¿Y del hijo, tiene noticias, tía Antonia? -interrogó el párroco.

-¡Ay! No, señor; queridiño... ¡Por aquellas tierras se habrá muerto tambiene!

Enjugaba con el pico del pañuelo de talle, andrajoso, los ojos, inflamados sin duda de tanto llorar, y el párroco entonces ordenó:

-A ver, muller, cuente su desgracia a la señora condesa, que puede dar pasos para que se averigüe el paradero de su hijo... Pero cuente verdad, ¿ey? ¡Verdad entera! Ya sabe que yo estoy bien enterado, y si miente... pierde el tiempo.

-¡Así caya un rayo y me abrase si cuento mentira! -respondió la mujeruca, sentándose a mi lado en el parapeto de granito, de espaldas a la pavorosa altura del puente-. Y sabe toda la parroquia, y toda la gente de las aldeas de por aquí, que mis hijos, Ramona y Pepiño, eran dos santos, que en su vida le hicieron mal a nadie de este mundo. ¡Asús me valla! Ellos a trabajare, ellos a obedecere, ellos a rezare... Unos santiños; no dirá menos el señor abad!

-Eso es cierto... -confirmó Gondás, dando vivas chupadas al pitillo y sonriendo con aprobación.

-Pero, señores del yalma, ¿quién se libra de un mal querere? ¡Pedir a Dios que no nos miren con mal ojo, o si no matar a quien nos mira así, para que no nos eche a perder del todo, como echaron a mis hijos pobriños, que fue su desgracia, que estaba preparada allí!

Hizo un guiño el abad, y acudió en auxilio de la narradora, que volvía a secar las lágrimas con el guiñapo del pañuelo.

-Pero diga, tía Antona; esa mujer, esa vecina de usted, la Juliana, ¿por qué les quería mal a usted y a su familia, mujer?

-¡Ay señore! Por envidia...

Oír hablar de envidia a aquella pobre criatura, harapienta y doblegada bajo un fardo de ramillas para la lumbre, me hiciera sonreír si no supiese que en toda vida humana cabe que otro recoja, pisándonos los talones, las hojas que arrojamos.

-Túvome envidia desde moza. Su mozo la dejó, y el rapaz se le murió de mal extraño. Y entramientras, mis dos fillos, mis dos rosas, dábanle enojo de se comere las manos. Según pasaba por delante de mi puerta, les echaba a mis palomiños unos mirares que acuchillaban. Y ellos, más aún Ramona, le tenían idea mala, a fuerza de la ver pasar mirando de aquel modo, que metía miedo... ¡Señor abad! ¡Por el alma de quien tiene en el otro mundo! Vusté bien sabe que mis hijiños eran honrados, que no hicieron en jamás acción mala de Dios...Tentóles el demo, que no los tentara si la bruja no los mirara así... ¡Fueron los ojos de la Guliana, señores benditos, fueron los ojos, y no fue otra cosa, que con un palo se los había yo de sacare!

-Más cristiandad, mujer -respondió con sorna chancera el cura.

-¡El Señor me perdone...! ¡Háganse cargo vustés, que dos hijos tuve, y ninguno tengo, y sola me alcuentro y al pie de la sepultura! Mis hijos no me pidieron consejo, que yo bueno se lo había dar. Allá un día que la Guliana salió a sachar sus patatas, metiéronse en la casa por la parte del curral de la era, y...

Por segunda vez acudió el cura a activar la marcha del relato.

-Y vamos, señora Antona, que encontraron cosas sabrosillas, ¿eh? La Juliana, en tantos años de vivir como un sapo en su agujero, tenía arañados unos cuartitos, y los guardaba en el pico del arca; además sus hijos de usted cargaron con dos ferradiños de maíz, y unas buenas costillas de cerdo, y dos ollas de grasa, y unas pocas habas, y un pañuelo nuevo, amarillo...

-¡Ay, ay señor! -hipó la vieja-. ¡Cargaron, no digo yo menos, cargaron; pero sólo por la rabia que le tenían, que los iba consumiendo a los dos con el veneno del mirare! ¡Fue por se vengar, señor, y que se acabase el mal de ojo! Pero no hay quien pueda con las brujas, que mandan más que todos. La Guliana dio parte a la justicia, eso lo primero; y luego ¡malvada! salía todos los días a la puerta, y cada vez que pasaban mis joyas, les gritaba mismo así: "¡Permita Dios que lo gastedes en la mortaja! ¡Permita Dios que los ladrones mueran antes del año!" ¡Señores mis amos, las plagas caen siempre! La justicia no importa. Son las plagas lo que nos echa al campo santo...

Calló un momento, trágica, mientras en la superficie del río, lento, se apagaba el último resplandor del poniente.

-Pepiño -murmuró al fin- escapó para América. Me quedé sin el que labraba la tierra, sin quien trabajaba el lugar. Quedóme Ramoniña, y esa, desde el otro día de la desdicha, se empezó a secare, a secare como un palo, con perdón. Y hay que vere que otra moza como ella, tan sana y tan rufa, no la hubo en las parroquias de por acá...

-Eso es cierto -intervino el abad-. Parecía que a la muchacha le derretían la carne al fuego. Como que me sorprendió cuando la vi ponerse así, en tan pocos meses. Antes vendía salud y era recia como un hombre...

-¡Capás era de trabajar el lugar ella sola, si no le viene la enfermedá por las plagas de esa condenada! -insistió la madre-. Fue un milagro, un asombro. "¿Qué te duele, Ramoniña?" "Dolerme, nada." "¿Por qué no comes, Ramoniña?" "Porque no tengo voluntá." "¿Quieres que venga el médico, paloma?" "El médico no me cura, señora madre..." "Voy a ofrecerte a Nuestra Señora del Moniño." "Tampoco me ha curar... Solo si me levantan la plaga que me echaron..." Y yo fui a casa de Guliana, y me arrodillé, así -hacía la vieja mímica, expresiva demostración-, y le pedí por las almas de sus padres... ¿Sabe lo que me contestó, que si soy otra la mato, la esmigo con los pies? "¡Lo que me robaron, que les valga a los ladrones para la mortaja!"

-Y Ramona, ¿murió antes del año?

-Por cierto... ¡El día que tenía que presentarse en la Audiencia de Marineda, señor, a responder! ¡Tal día estaba de cuerpo presente! Allí remató la causa. No había a quién dar el castigo...

-Le queda su hijo, mujer -dije por vía de consuelo a aquella amargura-. A la hora menos pensada escribe, vuelve con mucho dinero...

-¡Los difuntos no escriben, ni tornan a su casa, mi señora! El hijo mío murió de la plaga, lo mismo que la hija. Y esa malvada vive, ¡que chamuscada con tojo la había yo de ver, Asús me perdone!

La noche descendía; el cura ayudó a la vieja a cargar el haz de espinallo, y vimos como, enderezándose trabajosamente, se alejaba a paso tardío.

-Toda la historia es para afianzar la superstición... -murmuré.

-Y será milagro -advirtió el abad- que un día, con estos haces de rama de pino que trae del monte, la tía Antona no arme una lumbrarada bonita en la casa de la hechicera... Y yo no podré evitarlo... Cuando reprendo, me dan la razón; pero luego hacen lo que les dicta su instinto... ¡La brujas mandan!

"La Ilustración Española y Americana", núm. 15, 1912.

Todos creían que la hija del tabernero de la Piedad aspiraba a casarse con un señorito. No con un señorito de los que, a veces, al pasar ante la taberna a caballo o en automóvil, se detenían a beber un vasete del claro vinillo del país, y piropeaban a la muchacha; con estos, no había que pensar en bendiciones; solo algún curial de Brigos, algún lonjista de Areal que bien pudieran prendarse de aquella moza frescachoncilla, peinada a la moda, y tan peripuesta con su blusita de percal rosa, incrustada en entredoses. Y se prendarían o no se prendarían; pero lo cierto fue que, con gran sorpresa de la clientela y del contorno, Aya -que así la llamaban, con el nombre de una santa mártir allí de mucha devoción- tomó por esposo a un albañil humilde, que ni siquiera era de la tierra: un portugués, venido a trabajar en las obras de una quinta próxima al santuario de la Piedad, y que los domingos solía comer en la taberna.

Cierto que el portugués era lo que en su patria llaman un perfeito rapaz. De mediana estatura, forzudo, con el pelo rizado, negro y brillante, cuando se endomingaba soltando la costra de cal, y bien acepillado de chaqueta y blanco de camisa, iba a pelar la pava con la joven tabernera, se comprendía que esta le hubiese preferido a todos. Otra estampa así...

El tabernero, cardíaco y con las piernas hinchadas frecuentemente, vio sin desagrado a aquel yerno robusto y que se traía a casa un jornal de dieciocho reales diarios, limpio de polvo y paja. "Ha hecho bien mi hija, nadie debe salirse de su clas", repetía, congratulándose con la parroquia. Y como tardó poco en morir el viejo, quedó el matrimonio al frente de la taberna. Luis Feces, el marido, iba a su trabajo; pero, como hoy ya las horas de éste no son "las de otros tiempos", volvía lo más temprano posible, y a la hora de mayor despacho y más peligrosa de riñas o borracheras, estaba al lado de su mujer, para protegerla y auxiliarla. Y no querían criada, por economía, pues aspiraba Luis a que, en algunos años, su fortuna se redondease y pudiesen establecerse en Marineda como maestro de obras y adornista, pues sabía manejar el estuco y doraba y pintaba bien las molduras y adornos.

Cuatro o cinco años llevaba de casada la tabernerita, y mientra el marido parecía cada vez más enamorado ella empezaba a desear vagamente no sabía qué, algo, un suceso que distrajese su imaginación, cansada de lo monótono de aquel vivir. Pensaba en cómo sería la casa que habitarían en la ciudad, y si tendría ventanas para ver pasar la gente, y si habría cines y teatros, y que, al anochecer, se podría dar una vuelta por las calles, rozándose con el señorío. Porque, en el fondo de su alma, a pesar de haberse casado cediendo a la atracción que ejerció sobre sus sentidos el arrogante mozo, Aya continuaba siendo muy remilgada y fantasiosa, y repugnaba servir vino a los blasfemos carreteros de sucia boca, a los arrieros de mofletes colorados, a los labriegos hirsutos, que olían a boñigas de buey. Estaba harta de brutalidades y suponía, que en una ciudad, volvería a querer a su marido como el primer día, ilusión frecuente en los humanos, que atribuyen a los sitios lo que está en nosotros. Pero el portugués, que desde el primer día habló sin timidez y como amo, había fijado de antemano la suma que necesitaban para montar la industria en Marineda, y más valía que sobrase que verse allí ahogados. Se necesitaban, lo menos, cuatro mil duros, y mejor cinco mil. Hasta verlos juntos, taberna y jornal. No quedaba otro remedio.

De pronto, parecieron calmarse las impaciencias de Aya. No habló ya de Marineda, no propuso el traspaso de la taberna para completar la suma. Al mismo tiempo dio en componerse más que de costumbre, aunque siempre había gustado de presentarse hecha una semiseñorita. Se hizo blusas, se compró calzado fino y medias de algodón muy caladas en el empeine. Y estas y otras coqueterías de su atavío, encandilaron la pasión de Luis, nunca apagada, y le hicieron asiduo y exacto en volver a casa a las horas más tempranas que podía. Había para esto una razón más. Siempre había sido celoso, con celos vagos, porque sin duda tenía algunas gotas de sangre africana, que se revelaban en sus gruesos labios y en el rizado crespo de su pelo; y la exacerbación de coquetería de su mujer le causaba esa extrañeza, que es la puerta de la sospecha. Con enlazar dos cabos sueltos, la sospecha pidiera trocarse en acusación. Aya no hablaba ya de Marineda, parecía encontrarse en la Piedad muy a gusto...

Había coisa, como dicen sus paisanos; había algo que era preciso aquilatar... ¡Y vaya si lo desenredaría!

La observación de las tardes, en la taberna, no dio ningún fruto. Aya servía a todos, sin fijarse en nadie. Les servía, les presentaba la cazuela de bacalao o el guiso de patatas, les escanciaba la cerveza, a que empezaba a aficionarse la gente aldeana, con aire más bien desdeñoso, con cierto repulgo de persona superior al cometido que está desempeñando. Ninguno, entre aquellos rudos parroquianos, se hubiese atrevido a llamarla "mi comadre" ni a chuscarle un ojo, aunque la encontrasen muy repolluda y fresca; pero la gente del terrón respeta la coyunda, y no caza en vedado, a menos que la veda se levante de suyo. Luis Feces, que había rodado algo antes de hacer alto en la taberna de la Piedad, era experto y no era tonto. Por allí comprendió que nada había. ¿Por dónde, pues?

Por donde... Su instinto creía haberlo adivinado. Es más: lo sabía de fijo, pero no de ahora, sino de atrás, de muy atrás... ¡Qué! Si se lo habían advertido antes de que se casase, y sus compañeros, los que con él trabajaban en la obra de Cordeira, le habían dado más de una festiva cantaleta con las rivalidades que pudiera temer del señorito Raimundo, el dueño del pazo de Morcelle.

Ése, y sólo ése, puede ser. Era el único que tenía las costumbres libres, el que acostumbraba a "echar a perder" a las garridas mozas... Había rondado a aquella de soltera, y la festejaba ahora también...

Una mañana, de rocío y niebla, de un otoño que se anunciaba húmedo, se abrió el postigo del corral de la taberna, y salió por él un hombre de gentil talante, que rápido se dirigió al pinar, y en su seno desapareció, como si la masa oscura de los pinos se lo hubiese bebido. Era aún la hora incierta del amanecer, y el albañil había salido casi con noche, para ser el primero en la obra de la casa que en Brigos decoraba. Un bonito negocio; le pagaban espléndidamente. Pero, apenas dejó su cama y engullido el café a tragos largos, habíase apostado Luis en dando la vuelta al recodo del camino y escondido por un matorral. Y había visto salir por el postigo su deshonra. Permanecía en pie, inmóvil, un poco sacudido por un horrible temblor de rabia, con un borde de espuma franjeando sus gruesos labios...

Aquella misma noche se encaró con Aya, para decirle sin preámbulos:

-¿No sabes, mujer? He acordado que lo del taller de Marineda era una tontería...

-Sí, hombre -confirmó Aya-. A mí también me lo parecía, solamente que no te lo quise decir.

-No, pues tú bien entusiasmada estabas al principio -dejó caer, no sin cierta ironía, el portugués-. Pero mejor nos ha de ir en América. Tengo proposiciones de allá, de Buenos Aires..., superiores. Se pueden ganar quince mil pesos al año...

Un deslumbramiento pasó por ante los ojos de Aya. ¡Ser rica! ¡Poder tener trajes como los de las señoras! ¡Que la sirviesen, en lugar de servir ella a aquellos brutanes de trajineros y de feriantes que apestaban! Sentiría, claro, su idilio amoroso, el señorito que olía a cosas exquisitas, a fragancias caras. El horizonte, sin embargo, era tan amplio, tan lisonjero para sus vanidades y deseo de lucir, que sonrió halagando los cabellos rizosos del portugués.

-¡Quince mil duros! -repitió soñadora.

-Hay que juntar -murmuró Luis- cuanto tenemos. Mañana me darás autorización para traspasar la taberna y recoger el dinero. El que la quiere, porque yo ya me he enterado, es Armuña, el del café en Brigos; exige que se le ha de blanquear todo, y de eso me encargo yo. También quiere una despensita... nada, un rincón ahí junto a la cocina. Todo se hará.

Con su fina percepción femenil, notó Aya en todo ello algo extraño.

-¿Qué tienes? Hablas así... de mala gana... ¿eh?

-Es que ciertas cosas dan para cavilar mucho -contestó el portugués sombríamente.

Realizóse el programa, y Luis, amén del blanqueo, construyó una despensilla, con tabique de ladrillo. Aya le interrogaba curiosa y algo preocupada también.

-¿Para qué haces esa pared delante de la otra?

-Quiere así Armuña... Es como un armario más reservado -dijo él.

Cuando todo estuvo pronto, se enteró Luis del barco, y fue a Marineda a tomar el pasaje. La víspera del día de su marcha, enviado ya por el coche su pequeño equipaje, despachada la criada desde dos días atrás, se acostaron los esposos. A medianoche, hubo como el ruido y trajín de una lucha, y poco después encendió luz el marido, por cuya frente rezumaba un glacial sudor. Cogiendo el cuerpo inerte de Aya, lo llevó hasta el supuesto armario, en la nueva despensa; y recostándolo de pie contra la pared, trajo ladrillo y mezcla, que había dejado en el patio, y tapió el hueco de la puerta que debía cerrar aquella cavidad. Con tal esmero lo hizo, que nadie hubiese podido sospechar, cuando al amanecer terminó de cerrar aquella sepultura, que no era una pared lisa, sin comunicación con nada.

Recogió aún, cuidadosamente, las ropas de su mujer; las puso en un lío con las suyas del primer momento; se terció al hombre la chaqueta, y dejando la llave en la puerta -Armuña ya estaba avisado- emprendió la vuelta de Marineda, por el camino real, blanco y desierto.

Las piernas le vacilaban un poco; pero según se alejaba de la taberna, donde había emparedado su venganza, corría más. Y bien le vino darse prisa, porque el gran transatlántico calentaba ya sus calderas, y fue de los últimos en llegar entre los emigrantes.

"La Ilustración Española y Americana", núm. 15, 1914.

Cuando se supo que había fallecido Vieyra -de una enfermedad consuntiva, latente toda su vida y declarada al final-, la gente no se preguntó la causa de tal suceso. "¡Hombre, todos hemos de pasar por ahí!". Lo que se dieron a investigar durante media hora en la Pecera, en la reunión de amigos y otros círculos locales fue, no cómo había muerto el bueno de Vieyra, sino cómo había vivido.

Encontraban en su vivir una paradoja realizada. Había vivido... sin poder. Por todo recurso contaba con dos o tres heredades que le producían una renta irrisoria, y un vago destino, de esos que a fuerza de reducciones y descuentos, suspensiones y amagos de supresión, no sólo parece que no deben mantener a un hombre, sino que dan la idea de que será preciso poner dinero encima. Vieyra era intérprete en el Lazareto... y no es lo bueno que lo fuese, sino que lo era sin saber idioma alguno.

-Yo tengo resuelta esa dificultad -declaraba a los que le daban bromas-. Si vienen americanos, claro es que me expreso en español... Si portugueses o brasileños, en gallego del más puro... Y si son franceses o ingleses..., ¡demonio!, entonces... Entonces..., ustedes reconocerán que a esos tíos nadie les ha hablado jamás en su lengua. Les presento picadura, maryland, una botellita de cerveza o de jerez... y me entienden en seguida.

Con tales botellitas, adquiridas a un precio y revendidas a otro; con algo de negocio de picadura y tabaco, ciertas pequeñas ganancias realizaba Vieyra; pero era tan eventual todo ello, tan mermado y, sobre todo, tan dependiente de su capricho y de su humor, asaz tornadizos y muy poco industriales, que continuaba igualmente problemático cómo había podido sustentarse aquel hombre -sin pedir a nadie nada, sin deber tampoco-, y el gran lujo español, ¡fumándose buenos puros!

Por razones de vecindad en el campo y por habladurías de domésticos, conocía yo la existencia íntima de Vieyra, y estaba en el secreto de sus interioridades. Habitaba Vieyra una casa ni de aldea ni de pueblo, un poco más alta del Lazareto, en la primera revuelta del camino real. La casa, semirruinosa, no tenía huerto; un seto de zarzales la guarnecía.

Pero puede decirse que Vieyra habitaba allí, como se diría que el pájaro habitaba en la rama. Porque realmente, no paraba en su vivienda más de lo preciso para no dormir en un pajar, y sí bajo tejas. Cuando no le invitaba algún amigo, algún señor residente en las quintas o pazos de las aldeas cercanas, entraba en la taberna más próxima, engullía una escudilla de pote y una tortilla de chorizo, pagaba sus tres reales, y tan conforme.

Hubo, sin embargo, en esta existencia diogénica dos notas que le dieron un relieve: un día, Vieyra adquirió un caballo de montar; otro día, Vieyra se casó.

Siquiera por un sentimiento de respeto a la jerarquía de lo creado, debemos dar la procedencia al casamiento. Hubo en él algo de singular, o, por lo menos, no está dentro de las costumbres, ni de las malas ni de las buenas.

Debe advertirse ante todo, para comprender aquel episodio, que es tal la flaqueza humana, que casi nadie se exime de un resbalón, si Dios no le ayuda, y Vieyra, desde hacía algunos años, por la necesidad de adquirir en buenas condiciones pitillos, picadura y maryland, que le servían, como sabemos, de lengua inglesa, trabó relaciones con algunas operarias de la Fábrica de Tabacos, y en especial con una, ojinegra y no mal engestada, en cuyo trato halló más especial atractivo, sin duda, pues fue largos años su proveedora. Vino un día en que algunos amigos, y entre ellos un respetable sacerdote, a quien Vieyra miraba con deferencia, emprendieron una campaña para que aquello se arreglase.

-Hombre, va muy largo... Es hora de que haya una solución...

-¡No sé para qué! -respondía Vieyra.

-Para... Por decoro, por...

-¡Pchs! El decoro es cosa de ricos. Los pobres no podemos...

-Pero... ¡no te merece ella!...

-¡Sí! Me merece mucho..., sólo que, por lo mismo, no es cosa de que la convide a morirse de hambre... Hoy ella vive de su trabajo; yo..., bueno..., de mi pereza si queréis. El día en que nos unamos, moriremos... Porque ella verá cómo está mi vivienda y le darán ganas de barrer y de poner el pote a la lumbre..., y ya no trabajará..., y yo tendré que mantenerla y que comprarle en invierno una saya... Y esto es superior a mis medios, y supone economías, que ni hago, ni haré, ni nadie haría si la Humanidad tuviese sentido común.

A pesar de estas razonadas objeciones, tanto porfiaron los amigos susodichos, que Vieyra, por cansancio y por no discutir, se avino a poner el cuello al yugo.

Una mañana, muy de madrugada, Vieyra fue con su amiga al altar. El sacerdote, fautor de la boda, quiso también bendecirla, y brindar en el café una jícara de chocolate a los novios. Al salir del establecimiento, aun cuando la novia, ¡pobrecita!, se agarraba ufana al brazo de su esposo, éste se desasió, y en tono categórico e imperativo le dijo, impulsándola hacia otra calle:

-Bueno mujer. Ya estamos casados. Por muchos años sea. ¡Ahora tú a tu casa y yo a la mía! ¡Larga, que se hace tarde!

Y como se produjese entre padrinos y testigos la natural estupefacción, Vieyra, subiéndose el cuello del gabán, porque hacía humedad, y corría fresco, añadió:

-¿Qué se habrían figurado?

Así se estableció la vida conyugal de Vieyra...

En cambio, la adquisición del caballo de montar dio ocasión a que Vieyra desarrollase una serie de sentimientos afectuosos y cordiales que nunca se hubiesen sospechado en él.

Al decir caballo de montar, ruego a los lectores que no asocien a esta frase ideas muy retóricas; que no piensen en los alazanes gallardos y fieros de los romances y los dramas. No; que se figuren en cambio un ejemplar típico de la raza del país, un bicho cuyas dimensiones oscilan entre las del perro de Terranova grande y el borriquillo castellano pequeño. Sus ranillas están cubiertas de pelo híspido, su cabeza no guarda proporción con el cuerpo, y sus ojos, zainos y traidores, miran siempre de soslayo, preparando el mordisco, con el cual se defiende mucho más que con la coz.

Tal fue el innoble bruto que Vieyra trajo a casa por la suma de cincuenta y ocho reales, de la feria del primero, y que bautizó con el nombre de Peral -debido a una persistente convicción de que aquello del submarino no salió bien por manejos de la envidia...

Chiquito y todo, Peral llevaba a lomos a su dueño hasta las casas de señores esparcidas por la campiña, donde Vieyra tenía puesto su cubierto y hasta preparada su cama. Antes de entrar en el patio de las quintas, Vieyra, prudentemente, ataba al caballejo a un árbol, y lo dejaba allí entregado a sí mismo, sin temor de que le robasen tal prenda.

Conviene advertir que aun cuando Vieyra vivía en la más estrecha unión e intimidad con su montura, la cuestión de mantenerla jamás le preocupó. Había dos razones para este descuido. La primera, que en el presupuesto del bohemio no existía partida para pienso de irracionales -¡tantas veces no la había para el del racional!-. La segunda, que no conviene alterar las costumbres establecidas, y verdaderamente, Peral no estaba habituado a comer. Es más: el comer, lo que se dice comer, le ocasionaba, según se verá desórdenes graves.

Así es que Vieyra arregló este asunto con singular facilidad... Peral subsistiría del merodeo. En las lindes mordisqueaba hierba; alguna vez entraba a saco en los ajenos pajares; devoraba los desperdicios y tronchos que encontraba en el camino real y a las puertas de las tabernas; a la playa bajaba a mariscar, goloso de almejas y cangrejillos, y en las heredades donde la cosecha maduraba, cometía numerosos delitos, con el instinto de saber ocultarlos. Vieyra, en las casas amigas, se metía en el bolsillo mendrugos, dulces de los postres, y todo era para Peral igualmente delicioso. Dormía Vieyra sobre el establo donde Peral se recogía. Algunas tablas del piso estaban rotas. Cuando el amo, fatigado, apagaba su candileja, tenía cuidado de echar por las aberturas del piso El Imparcial que acababa de leer y que el caballo se zampaba inmediatamente...

Teníamos la broma de que la montura de Vieyra estaba mantenida con periódicos. Esperábamos que a cualquier hora rompiese a hablar en forma de despacho telegráfico.

No rompió a hablar..., pero hizo una trastada y le costó la vida.

Un día tuvo Vieyra una mala idea. En vez de dejar a Peral atado a un árbol, pidió hospitalidad para el facatrus en la cuadra de una quinta. El dueño, a quien divertía mucho el célebre penco, ordenó que se le diese a discreción cebada. ¡Qué festín! Y Peral no se indigestó, como era lógico; lo que hizo fue embriagarse...

Sí, embriagarse absolutamente, como si hubiese absorbido una cuba de jerez... Lo primero rompió la cuerda y se deshizo de la cabezada. Después salió al patio y rompió en una zarabanda de brincos, corcovos, zapatetas, coces y todo género de acrobatismos. Después la borrachera del animal tomó otro aspecto: furor amatorio y furor homicida. El olor de las yeguas del coche llegaba hasta él, y quiso lanzarse a la cuadra... Como el cochero le contuvo, convertido en fiera se defendió a muerdos... El lacayo, que sufrió terribles mordeduras en la mano izquierda, agarró un palo y brumó las costillas del pobre jaco hasta dejarlo por muerto. No murió, sin embargo; era duro, pero quedó resentido. Al llegar el invierno contrajo pulmonía.

-No conviene que los hambrientos coman a su talante una vez -solía decir Vieyra muy entristecido-. A Peral no le hacía falta comida, ni a mí dinero. A bien que no lo he de tener nunca...

Tal vez por falta de los cincuenta y ocho reales para comprar un sustituto a Peral, Vieyra espació sus visitas a las casas donde encontraba alimento sano. La consunción avanzó.

¡Una hoja más que el viento se lleva!

"El Imparcial", 25 de octubre, 1909.